국가의 품격

이수정 철학에세이

국가의 품격

질적인 고급국가를 위한 제언

이수정 지음

철학과 현실사

차례

제2부 _ 베이징 소회

일러두기

1. 이 책은 제1부 '한국사회의 가치와 반가치', 제2부 '베이징 소회'로 구성된다.
2. 글의 순서는 특별히 없다. 대략 집필 순이다.
3. 서론의 두 편은 내용적 중요성을 감안해 《생각의 산책》에서 전재했다. 상당 부분 수정 가필했다.
4. 본문 중 〈경남도민신문〉의 칼럼 '아침을 열며'에 발표한 것이 다수 포함되어 있음을 밝혀둔다.

서문

　이 책은 '국가의 품격'을 생각한다. '미래의 방향'을 생각
한다. 공자의 심정으로 제왕에게 보내는 건의서이다. 만백성
에게 보내는 호소문이다. 피히테의 연설 "독일 국민에게 고
함"(Reden an die deutsche Nation), 그 비슷한 것이다.
"한국 국민에게 고함"이다. 좀 절실하다. 여기엔 아마 《국가
론》(Politeia)을 쓴 플라톤과 《신국》(Civitas Dei)을 쓴 아우
구스티누스의 그림자도 어른거릴 것이다.

　돌아보니 한 40년은 된 것 같다. 1980년, 처음 '외국'을 경
험하고부터다. 20대였다. '국가'라는 것이 나의 철학세계에
들어왔다. 특히 '국가의 질'이, '인간의 질'이. 어쩌면 그게
일본이라는 특수한 외국이었기 때문인지도 모른다. 그 일본
을 확실하게 넘어서고 싶었다. "고급인간, 고급국가를 위한
철학적 제언", "고급과 저급, 선과 악의 분석론", "실질 가치
론", "선진사회를 위한 시민 윤리", "한국의 가치들, 그리고

문제들", "한국인의 의식, 그 진단과 처방", "'지금 우리'의 좌표", "가치의 현상학", "21세기 신계몽주의", "진정한 사회적 윤리" … 그렇게 제목을 바꿔가며, 오랫동안 내 머릿속을 맴돌던, 아니 가슴을 짓누르던 주제들이다. 그런 것들이 이 책 속에 응축되었다.

이것은 한국사회에, 아니 인간세상에 혼재하는 두 개의 세력, 플러스적 세력과 마이너스적 세력, 선의 세계와 악의 세계, 좋은 것과 나쁜 것, 그중 한쪽의 손을 들어주고 응원하려는 것, 다른 한쪽을 응시하고 경계하려는 것이다. 그렇게 해서 보다 나은 사회, 진정한 '선진사회'를 향해 가려는 것이다. 살 만한 세상을 원한다면, 우리는 '질적인 고급국가'를 지향하지 않으면 안 된다. 그것 외에 한국의 다른 선택지는 없다. '고급과 저급', '선과 악', 그 갈림길에서 우리는 '이것이냐 저것이냐'를 선택하지 않으면 안 된다. 싱가포르나 스위스 등은 좋은 모범이 될 수 있다. 단, 이 두 개의 왕국('좋은 나라'와 '나쁜 나라')에는 국경이 없다. 검문소도 없다. 자유로운 왕래가 가능하다. 아침에 이쪽에 있던 사람이 저녁에 저쪽으로 가기도 하고, 오늘 저쪽에 있던 사람이 내일 이쪽으로 오기도 한다. 어느 쪽 백성이 될 것인지는 우리의 선택에 달려 있다. 그 부단하고 반복적인 선택이 실은 우리의 실존이기도 하다. 사르트르가 이미 그것을 가르쳐줬다. 《실존주의는 휴머니즘이다》에서.

여기에 제시된 문제들이 개선되지 않으면, 적어도 그 균형추 내지 무게중심이 어둠에서 밝음으로, 나쁨에서 좋음으로, 이상에서 정상으로 기울지 않으면, 우리에게 '선진'은 요원하다. 아니 영원히 불가능하다. 단언한다. 이 글을 읽어주는 눈, 이 말을 들어주는 귀, 이 이야기를 퍼트려주는 입, 그것을 기대하고 축복한다.

이 글들은 베이징에서 보낸 내 정년 전 마지막 연구년의 기념품이기도 하다. 기회를 준 베이징대의 장지강(张志刚), 우톈웨(吴天岳) 교수에게 감사한다.

2019년 여름 베이징에서
이수정

우리는 왜 '국가'와 '선진'을 생각해야 하는가?

국가

철학자 플라톤의 대표적인 저서 중 하나가 《국가론》(*Politeia*)이다. 거기서 그는 이상적인 국가를 논하고 있다. 그게 전통이 된 것인지 철학자들은 국가에 대해 관심이 많다.[1] 나도 그런 편이다. 국가의 상태가 인간의 삶에 결정적인 한 요인으로 작용하기 때문이다. '어떤 나라'와 '어떤 삶'은 함수관계에 있다. 그러면 그 국가는? 그것은 인간이 결정한다. '어떤 사람'이, 특히 '어떤 생각'이 그것을 결정하는 것이다. 인간이 국가를 결정하고 그 국가가 다시 인간을 결정한다.

플라톤은 이상적인 국가를 위해 이른바 '철인정치'를 기대했다. 간략히 말하자면 '철학자가 통치자가 되거나 혹은 통

---

[1] 나는 학부 졸업논문으로 〈박종홍철학의 구조〉를 썼는데, 그의 주제가 '현실'과 '철학'이었다. 그의 경우, '현실'은 곧 '한국'이었다.

치자가 철학자가 되거나 하지 않으면 인간들에게 불행이 그치지 않을 것이다'라는 게 그 핵심이다.[2] 스승 소크라테스를 죽음으로 내몬 무지한 인간들에 대한 그의 실망이 그 바탕에 깔려 있다. 그렇다면 만일 철인정치가 실현된다면 그 내용은 어떤 걸까? 이것도 간략히 말하자면 '정의의 실현'이다. 그럼 정의의 실현은 어떻게 이루어지는 걸까? 이것도 간략히 말하자면 '국가의 각 부분들이 각각 그 덕을 구현하는 것'이다. 예컨대 통치자는 '지혜', 수호자는 '용기', 생산자는 '절제'라는 덕을 각각 실천하는 것이다. 더 쉽게 말하자면, 각자가 자기 자리에서 자기 역할을 제대로 잘하면 국가의 정의가 실현된다는 것이다. 이 쉬운 말 속에 정답이 있다.

너무 유명한 이야기라 새삼스러울 것도 없다. 그런데 실은 공자의 철학에도 이와 엇비슷한 이야기가 있다. 그는 정치(즉 국가를 다스리는 일)를 대단히 중시했고 나름의 정치철학을 갖고 있었다. (《논어》에는 '정'[政] 즉 '정치'라는 글자가 모두 43번이나 등장한다.) 그 핵심이 바로 '정'(正) 즉 '바로잡음'이었다.("政者, 正也") 바로잡음? 무엇을? '이름'이다. 이름을 바로잡는 것, 그것을 그는 정치의 요체로 파악했다. 이름을 바로잡는다? 그게 무슨 뜻이지? 그 내용을 그는

2) 플라톤, 《국가》 및 《제7서한》 참고.

"군군 신신 부부 자자(君君臣臣父父子子)" 즉 "왕을 왕답게 신하를 신하답게 부모를 부모답게 자식을 자식답게 만드는 것"이라고 설명했다. 굳이 플라톤과 연결시키자면 군–신–부–자가 각각 그 덕을 제대로 구현하는 것이다. 각각 그 이름값을 제대로 하는 것이다. 공자는 이것을 '정명'(正名)이라고 표현했다. 그러면 이상적인 국가가 실현된다는 생각이다. 대단히 흥미로운 정치철학 내지 국가론이라고 아니 할 수 없다. 나도 이런 생각을 적극 지지한다.

그런데 나는 좀 다른 방향에서도 국가라는 것을 생각해본다. 나는 무엇보다도 한 국가가 건실하려면 '칼, 돈, 손, 붓'이라는 네 가지 '힘'(국력)을 지녀야 한다고 생각한다. 이 넷은 국가라는 건축물의 네 초석에 해당한다. 이 초석을 튼튼히 하고 그 위에 국가라는 집을 세워야 굳건히 버티며 무너지지 않는다. (이게 튼실하지 못하면 국가의 존립이 위태로워지거나 국민의 생활수준이 저하된다.) 칼은 '군사력', 돈은 '경제력', 손은 '기술력', 붓은 '문화력'을 각각 상징한다. 이 넷이 공히 그리고 조화롭게 강해야 강한 국가가 가능해진다. 여러 평가지표들을 보면 지금 우리는 이 네 가지 모두에 있어서 제법 괜찮은 위치에 랭크돼 있다. 그러나! 저 막강한 네 이웃들(미–중–러–일)을 생각할 때, 이 정도로 만족하면 절대 안 된다. 내가 만일 정치지도자라면 어쨌든 '세계 제일'이라는 기치를 들고 국민을 이끌고 싶다. 그게 불가능한 이상일까? 그런 방향으로 노력하다 보면 제일은 아니더라도 적어도 '최상위 그룹'에는 다다를 수 있을 것이다. 문제는 그런 목표설정, 그런 지향이 없다는 것이다. 노력의 부족은 말할 것도 없다.

그런데 이런 이상이 그냥 꿈만으로 이루어질 턱은 없다. 이른바 가치관도 당연히 필요하다. 나는 그런 가치관으로 '합리성–도덕성–심미성–철저성'이라는 네 가지를 제시한다. 이 네 가치들은 '수준 높은', '품격 있는' 국가를 건설하기 위한 네 기둥에 해당한다. 이 네 기둥이 '칼돈손붓'이라는 저 네 초석 위에 세워져야 하는 것이다. 각각이다. 즉 합리적인 칼돈손붓, 도덕적인 칼돈손붓, 심미적인 칼돈손붓, 철저한 칼돈손붓, 달리 말하면 합리적인–도덕적인–심미적인–철저한 칼, 합리적인–도덕적인–심미적인–철저한 돈, 합리적인–도덕적인–심미적인–철저한 손, 합리적인–도덕적인–심미적인–철저한 붓이 추구되고 구현되어야 하는 것이다.

그리고 이 기둥들을 잡아줄 들보가 필요하다. 그게 '실용성'이다. 혹은 '실천성'이다. 국가는 머릿속이 아니라 땅 위에 서 있는 현실이기 때문이다. 정책을 포함한 입법–사법–행정–외교가 이에 해당한다.

그리고 이 모든 것을 덮어줄 지붕이 있다. 그게 '공공성'[3]

---

[3] 이건 하버마스 철학의 한 축이기도 했다.

이다. 국가는 본질적으로 온 국민이 함께 사는 세상이기 때문이다. 이른바 '선공후사'가 그냥 구호가 아닌, 지도자와 국민 모두의 기본의식이어야 할 이유가 거기에 있다. (우리의 현실은 이게 뒤집혀 있다. '선사후공'이다. 혹은 '유사무공'?)

그리고 그 지붕을 잡아주는 가로축이 있다. 그게 '지도자' 혹은 '지도력'이다. 온전한 지도자가 없으면 국가는 건축물로서의 제구실을 못한다. 그가 국가의 온갖 비바람을 막아줘야 한다.

이런 요소들이 제대로 빛을 내면, 그러면, 제대로 된, 살 만한, 수준 높은, 품격 있는 나라가 될 수 있다. 이른바 선진국의 요체가 바로 여기에 있다.

그리고 이 모든 것을 떠받치는 토대가 있다. 그게 바로 '사람', 즉 '국민'이다. 그 국민이, 그 국민의 질이 결국 국가의 질을 결정한다. '어떤 국민인가'가 '어떤 국가인가'를 결정하는 것이다. 그리고 그 국가가 다시 국민을 결정한다. 국민과 국가는 상호영향관계며, 함수관계며, 순환관계다.

우리나라는 규모가 상대적으로 작다. 특히 우리의 주변국인 미국–중국–러시아–일본에 비해 터무니없이 작다. 국토도 작고 인구도 적다. 이른바 양으로는 대적할 수가 없는 것이다. 그러나! 우리는 질적으로 저들과 겨룰 수 있다. 수준을 높이는 것이다. 적어도 그런 점, 그런 면에서는 우리가 저들을 능가할 수도 있다. 규모가 적당한 만큼 오히려 효율적으로 그것을 실현하기에 저들보다 더 유리할 수도 있다. 그것으로는 '세계 제일'이 얼마든지 가능할 수 있다. 질 높고 수준 높은, 품격 있는 고급국가를 만드는 것이다. 우리의 정치 지도자들은 왜 그런 방향을 보지 못하는가. 우리는 아직 합리적이지도 못하고 도덕적이지도 못하고 심미적이지도 못하고 철저하지도 못하다. 그런 방향으로 우리를 이끌어갈 철인 통치자가 너무나 간절히 기다려진다.

그러나 하염없이 기다리고만 있을 수도 없다. 그런 사람이 나타나기까지는 우선 우리 각자가 각자의 자리에서 제대로 자기 역할을 하면서 착실히 한 걸음 한 걸음씩 걸어나갈 수밖에 없다. 방향은 앞이다. 그리고 위다. '가치'라는 별이 반짝이는 곳이다.[4]

---

4) 2017년 《생각의 산책》에 수록. 일부 수정 가필.

선진

우리는 자신이 몸담고 있는 국가의 상태나 수준에 관심을 갖지 않을 수가 없다. 국가사회라는 것이 인생의 한 결정적인 조건이기 때문이다. 나는 우리나라가 선진국가, 선진사회였으면 좋겠다고 생각한다. 좀 간절하다. 그런데 "선진국가, 선진사회의 진정한 기준은 무엇인가." 오랫동안 나의 뇌리를 떠나지 않는 관심사다. 그런 게 어디 한두 가지겠는가. 나는 일단 '공공성'과 '합리성'을 주목한다.

지금 지구상에는 240여 개의 국가들이 존재하는데, 국가에 따라 그 국민들의 삶은 큰 차이를 갖는다. 나라라고 다 같은 나라가 아닌 것이다. 더구나 우리는 미-중-러-일이라는 만만치 않은 이웃들에게 둘러싸여 있다. 이들은 우리에게 친구이자 적이고, 적이자 친구이다. 긴장하지 않을 수 없는 상대들이다. 우리가 '선진한국'에 대해 관심을 가져야 할 이유가 거기에 있다.

우리나라가 진정한 선진국이 되기를 바라지 않는 국민은 없을 것이다. 하지만 그것은 이른바 국민총생산(GDP)이니 1 인당 국민소득(GNI)이니 하는 경제적 지표의 달성만으로 이루어지지는 않는다. OECD 회원국이라고 해서 다 선진국은 아닌 것이다. 우리는 우리나라를 진정한 선진국으로 만들기 위해 무언가를 하지 않으면 안 된다. 결국은 '삶의 질'이 문제인 것이다. 그것을 위해 우리는 거의 혁명적 수준의 의식개조, 인간개조를 시도하지 않으면 안 된다. 너무나 오래, 너무나 많은 문제들 위에서 우리의 삶이 위태롭게 삐걱거리고 있기 때문이다. 이른바 '헬조선'이라는 말이 그것을 상징한다. 가슴 아픈 말이 아닐 수 없다.

21세기가 되고도 한참이 지났건만 작금의 한국사회를 보면 '선진국'이라는 것은 참으로 요원해 보인다. 일일이 헤아릴 수도 없는 불합리, 무질서, 이기심, 부정 … 그런 것들이 이 사회를 가득 채우고 있다. 언뜻 떠오르는 대표적 사례 중의 하나가 도로변 주차다. 응? 사소하다고? 아니다. 그것은 부실한 우리 사회를 보여주는 하나의 상징적-대표적 단편이다. 흔히 거론되는 소방차의 진입방해는 말할 것도 없고 통행에서의 불편과 위험은 이만저만한 것이 아니다. 우리는 그런 불편과 위험에 너무나도 익숙해져버려서 대부분은 그런 것을 당연한 것으로 받아들이고 있다. 문득 수년 전 1년간 거주했던 미국의 보스턴이 생각났다. 거기도 오래된 도시라 주차난은 심각했고 따라서 길거리 주차가 없는 것은 아니었다. 하지만 그것은 철저하게 유료화되어 있었고, 그 허용 시간도 길어봤자 2시간이었다. 조금만 어겨도 칼같이 '딱지'가 붙게 되고 과태료의 납입은 엄청나게 불편했다. 결과적으로 규칙과 질서를 '지키는' 것이 훨씬 더 편하도록 되어 있었다. 이를테면 그런 것이 '합리성'이고 '공공성'이다. 나의 약간의 불편을 모두의 일반적 편의를 위해 감수하는 것, 그런 것이다. 세금도 그렇다. 우리 사회에는 엄청난 규모의 탈세가 있다. 그래서 모든 수익체에게는 '세무조사'라는 것이 공포의 대상이 되는 것이다. 떳떳하다면 두려울 게 뭐가 있겠는가. 이른바 선진사회에서는 성실한 납세자가 실질적으로 각종 혜택을 받게 되고, 불성실한 납세자, 탈세자는 재기 불가능할 정도의 불이익을 받게끔 제도적–구조적 장치가 마련되어 있어서 효과적으로 작동하고 있다. (이를테면 기업경영의 한 필수인 대출도 납세실적과 연동이 되는 그런 구조) 그렇게 마련된 세금은 국민과 국가를 위해 효과적으로 집행이 된다. 우리 사회에서는 아직도 연말이 되면 집행잔액의 처리를 위해 멀쩡한 보도블록을 갈아치운다. 그렇게 낭비되는 피같은 세금이 아마도 천문학적 규모일 것이라고 대부분의 국민들은 '짐작'하고 있다. 세금이 이른바 '눈먼 돈'이 되기도 한다. 약삭빠른 누군가가 그것을 챙겨간다. 그런 게 바로 '불합리'이다.

그런 불합리는 우리들의 생활주변 곳곳에 만연되어 있다. 예를 들어 대학교수가 개인적 사정이 생겨 "다음 주는 휴강!"이라고 하면 학생들은 "와!" 하고 뛸 듯이 기뻐한다. 바로 그 수업을 위해 자신이 수백만 원의 등록금을 냈다는 사실은 까맣게 잊고 있는 것이다. 따지고 보면 이런 불합리가 어디 있는가. 예전에 독일 프라이부르크대학에서 객원으로 지낼 때 전국적으로 동맹휴업 사태가 벌어진 적이 있었다. 그때 한 철학과목의 노교수가 "여러분들의 연대와 투쟁의 의미를 존중하기에 다음 주는 휴강합니다."라고 했지만 기뻐하는 학생은 아무도 없었다. 놀랍게도 "그래도 우리, 공부는 해야죠?"라고 누군가가 제안하여, 의논한 끝에 그 다음 주는 학교 밖 교회에서 여느 때와 다름없이 수업이 이루어졌다. 모두들 그 색다른 분위기를 즐기는 눈치였다. 내게는 그것이 일종의 문화적 충격이었다.

미국과 독일이 선진국인 것은 우연이 아니다. 그런 합리적 부분들이 상대적으로 탄탄한 것이다. 우리는 정신을 바짝 차리고 그들을 따라잡아야 하고 이윽고는 넘어서야 한다. 그러려면 각고의 노력을 지불하지 않으면 안 된다. 나는 그런 부분을 관심 있게 지켜볼 것이다. 언젠가, 전국의 도로에서 불법으로 주차된 차들이 공공의 합법적 주차공간으로 들어갈 때, 그때 나는 비로소 '선진'이라는 말을 입에 담을 것이다. 그날이 빨리 오기를 나는 기다리고 또 기다린다.[5]

5) 2017년 《생각의 산책》에 수록. 일부 수정 가필.

제1부

한국사회의
가치와 반가치

저급주의와 고급주의
(천민주의와 귀족주의)

  너무나 당연한 이야기지만, 우리가 사는 이 인간세상에는 고급인 것과 저급인 것이 있다. 고급은 상대적으로 더 좋은 것이고 저급은 상대적으로 덜 좋은 것, 좋지 못한 것 내지 나쁜 것이다. '좋다', '나쁘다'는 사람들의 감각이, 선천적으로 주어진 감각이 결정한다. (금수저 흙수저라는 말에서 보이듯 금과 흙에 대한 평가도 그런 것이다.) 물론 그것은 상대적이며 절대적인 것은 아니다. (식물재배라는 점에서는 흙이 좋은 것이고 금은 쓸모없는 것이다.) 그러나 사회적으로는 이른바 보이지 않는 '공통감각'(sensus communis, 이성 [ratio])이란 것이 있어서 그것으로 이 고급-저급이 판가름되고 그 판단이 사회적 가치로 통용된다. 물건, 특히 상품에 대해서는 가격이라는 것이 그 가치를 판정하는 하나의 기준이 된다. 이 감각이 없다면 가격산정 자체가 불가능할 것이다. 급이란 물론 '질적 상태'를 말하는 것이고, 고-저란 그 상태의 '좋고-나쁨'을 말한다.

사람들은 보통 고급을 좋아하고 저급을 싫어한다. 그건 저 '명품지향'만 보더라도, 그리고 길거리의 개똥을 피해 가는 찌푸린 표정만 보더라도 곧바로 확인된다. 그런데 그런 비싼 것만이 고급이라면 그건 애당초 소수의 재력가에게만 접근 가능한 것이고 대다수 보통사람들에게는 '해당사항 없는 것'이 되고 만다.

그런데 그렇지가 않다. 고급과 저급이 반드시 경제적 가치로만 결정되지는 않는다. 특히 사람의 경우가 그렇다. 사람의 고급과 저급은 경제적 수준이 아니라 의식의 수준, 정신의 상태가 결정한다. 경제적 수준의 높낮이와 무관하게 고급인 인간이 있고 저급인 인간이 있다. 2010년대의 한국인에게는 이게 무슨 이야기인지 설명이 없더라도 곧바로 이해된다. 우리는 저 수차례에 걸친 이른바 '갑'들의 '갑질'사건을 경험했기 때문이다. 그런 행위를, 그런 사람들을, 우리는 저급이라고 인식한다. 심한 경우, 저질이라고 부르기도 한다. 그들이 아무리 많은 돈을 갖고 있고 아무리 비싼 명품을 걸치고 있고 아무리 높은 지위에 있더라도, 그들은 고급인간이 못 되는 것이다.

그렇다. 인간의 고급과 저급은 그 의식의 질에서 결정된다. 더 구체적으로는 자기에 대한, 그리고 타인에 대한 태도에서 결정된다. 자기에 대한 겸손과 오만의 유무, 타인에 대한 존중-배려와 '함부로-마구'의 유무, 그런 것으로 결정된다. 어떤 사람들은 자신의 생각과 말과 행동이 타인들에게 얼마나 혐오스러운지 얼마나 해악이 되는지 전혀 고려하지 않고 자신이 소유한 부와 지위와 명성을 무기 삼아 타인을 함부로 대한다. 기분대로 던진 말과 행동이 누군가를 상하게 하고 그 인생을 뒤흔들더라도 별로 괘념치 않는다. 그런 사고방식, 그런 태도를 나는 '저급주의', '싸구려주의', '천민주의', '상놈주의'라 부르기도 한다. 개중에는 상대불문 함부로 대하는 정말 막돼먹은 사람도 없지 않다. 그런 것이 지금 한국사회 곳곳에서 목격되고 있다.

그에 비해 역시 돈이나 지위나 명성과 무관하게 어떤 사람들은 '자기'를 내세우지 않고 타인들을 존중하고 배려한다. 그런, 그리고 '그런 것을 가치로서 인정하고 지향하는' 정신적 상태를 나는 '고급주의', '귀족주의', '양반주의'라 부르기도 한다. 특히 (노자의 '물'처럼,[6] 예수의 '손'처럼[7]) 타인을 이롭게 하면서도 자기를 전혀 내세우지 않는 사람들도 적지

---

6) "水善利萬物而不爭 處衆人之所惡 故幾於道."《노자》제8장.
7) "네 오른손이 하는 일을 네 왼손이 모르게 하라."《신약성서》마태복음 제6장.

않게 있다. 그런 사람을 우리는 '훌륭하다'고 하고 그런 사람을 이 시대의 진정한 '귀족'으로 평가한다. 오른손이 하는 일을 왼손이 모르게 하는 사람, 공을 이루되 몸은 물러나는(功遂身退) 사람, 자기를 낮추고 비움으로써 채워지는 사람, 그런 예수주의자, 그런 노자주의자, 그런 에크하르트주의자야말로 진정으로 귀한 사람, 즉 귀족인 것이다. 이 사회의 모두가 그런 정신적 귀족이 되기를, 질적인 고급을 지향하기를, 그래서 고급스런 국가를 만들어나가기를 기대해 마지않는다. 황하보다도 더 거세게 흘러가는 이 시대의 거친 천민주의 물결에 맞서.

정신적으로는 그 어느 쪽도 다 가능하다. 우리는 매 순간 순간 그 방향을 결정해야 한다. 천민이 될 것인지 귀족이 될 것인지, 저급이 될 것인지 고급이 될 것인지. 그 선택과 결정이 나의 질을, 급을, 격을 결정하고 그것에 대한 제대로 된 평가가 이 사회, 이 나라의 질과 급과 격을 그리고 수준을 결정할 것이다.

(이상과 표현은 같지만 그 의미는 다른 고급주의와 저급주의가 또 있다. 그것은 사물(물건과 시설 등 인공적인 것)에 대한, 그 질적 수준에 대한 태도다. 사물에도 고급과 저급이 있다. 굳이 고급을 지향하는(좋아하고 만들고 소유하려는)

태도가 고급주의, 구태여 그 질에 별 상관하지 않는, 특별히 그런 의식이 없는, 혹은 굳이 저급한 것을 좋아하는 태도가 저급주의다. 고급주의는 심미주의와도 통한다. 사람들이 이른바 명품을 밝히는 것도 말하자면 일종의 고급주의다. 여러 주변적 여건을 고려하지 않는 고급주의는 자칫 윤리적으로 타락하여 사치주의나 낭비주의로 빠지기도 하지만 고급지향 자체가 비윤리적인 것은 아니다. 오히려 그것은 미학적이고 그런 태도는 인간의 삶의 고양에 이바지한다. 그것은 문화주의로 이어지기도 한다. 차 한 잔도 고급스럽게 마시려는 태도가 다도를 만들고 도자기문화를 만드는 것이다. 그래서 우리는, 경제적 조건-여건이 허용하는 범위 내에서 최대한 고급을 지향하지 않으면 안 된다. 이때 고급은 '그 사물이 도달할 수 있는 최고의 상태'에 가까운 것이다. 그 최고 상태에 가까울수록 급이 높다. 사물들은 우리의 생활반경에 가득 차 있다. 그릇, 옷, 침구, 안경, 시계, 가방, 자동차 등등에서 건물, 교량 등등까지 거의 무한이다. 그것들이 고급이기를 바라는 게 고급주의인 것이다. 우리 사회에 만연한 '아무래도 좋아주의', '상관없어주의', '싸구려주의', '괜찮아요주의'는 (그리고 우리 사회의 특유의 '서민주의'는) 결코 우리 사회를 고급사회로 이끌지 못한다. 저급에 대해, 싸구려에 대해 이의를 제기하자. 안티테제가 없으면 역사는 발전하지 않는다.)

나만주의와 너도주의

점심시간에 학교 뒷문을 나가 호젓한 개천길을 걸으며 동료교수 A, B와 이런저런 대화를 나누었다. 그 예쁜 길에 무수한 자동차들이 도로 양옆에 빽빽하게 주차되어 있었다. 보기만 해도 위압적인 거대 트럭도 여럿 있었다. 물론 불법주차였다. 주차금지 표지판은 있으나 마나였다. 원래 그 길은 3차로에 해당하지만 양옆이 불법주차 차량들로 점령당해 있으니 꼼짝없이 1차로가 되고 말았다. 멀리서 마주 오는 차가 있으면 지나갈 때까지 한참을 기다리고 있어야 한다. 불편하기 짝이 없다. 전국 어디서나 다 마찬가지다. 나만 편하면 그만, 다른 사람의 사정은 아예 고려대상이 아니다. 이런 일들이 우리 사회에는 너무나 당연한 듯이 만연돼 있다. "이것도 '나만주의'네요. 이런 게 안 없어지면 우린 영원히 선진국이 못 될 거예요." 무심코 평소 생각을 한마디 내뱉었더니 "'나만주의'요? 그거 재밌는 말이네요." 하고 동료교수 A가 웃었다.

정말 보통 문제가 아니라고 나는 생각한다. 지금 우리 삶의 주변을 둘러보면 거의 모든 장면에서 이 나만주의가 발견된다. 그것이 우리의 삶을 불편하고 힘들게 만드는 경우가 하나둘이 아니다. 그게 결국은 우리 모두와 국가사회의 질적 저하를 초래한다.

나만주의는 우리에게 익숙한 저 '이기주의'와도 구별된다. 그보다 더 저질적이고 악질적이다. 이기주의는 자기의 욕망에 충실하려는 인간의 본능에 속하는 것이니 일정 부분 인정될 수밖에 없다. 하지만 나만주의는 나 아닌 다른 사람들의 입장-처지-사정-이익 등을 완전히 무시한다는 점에서 원천적으로 비윤리적인 것이다. 그게 모든 사회적 악의 근원이 된다.

이 나만주의의 변형으로 '나먼저주의'도 있다. 끼어들기-새치기 같은 것이 대표적이다. 이것은 '얌체주의'와도 겹쳐진다. 나-먼저 하고 나-먼저 가고 그래서 나만 좋으면 그만, 다른 사람은 아예 안중에 없다. 모두가 그렇게 하고 그래서 결국 모두가 불편해지고 불쾌해지고 불이익을 당하게 된다. '나-먼저'가 결국 '나-나중'을 유발한다. 짜증이 나고 위기를 느끼고 손해를 의식한다. 그래서 또 '나-먼저'가 작동한다. 악순환이다.

이 악순환의 고리를 끊어야 한다. 그 시작이 '너도주의'다. 이건 나 아닌 다른 사람의 처지-입장-사정-이익 등에 대한 고려 내지 배려다. 그래서 이건 원천적으로 윤리적이다. 거창한 '이타주의'나 '양보주의'("After you!")보다 구체적이라 더 실천적이고 현실적이다. '너'를 고려해 '나'를 컨트롤하는 것이다. '입장 바꿔 생각해봐', '역지사지'도 이에 해당한다. 나는 그 극단의 형태를 '빙의'라는 철학적 용어로 표현한 적이 있다. 그 사람 속에 들어가 그 사람이 되어보는 것이다. 너도주의는 실은 우리에게 전혀 낯선 것이 아니다. 저 유명한 예수의 말, "네가 남에게 대접받고자 하는 대로 남을 대접하라"도 그리고 공자의 말, "네가 하고 싶지 않은 바를 남에게 하지 말라"(己所不欲, 勿施於人)도 바로 이 너도주의의 전형이었다. 맥락은 약간 다르지만 이른바 '아타(我他) 이분법'을 날카롭게 지적하고 그 극복을 역설한 현대 프랑스철학도 이 너도주의에 그 뿌리를 박은 혹은 그에 기반한 철학이었다. 문명과 야만, 정상과 비정상, 중심과 주변, 그 이분법에 의해 구별되고 차별되는 '나' 아닌 '너'(타자[l'autre])에 대한 시선, 그 따뜻한 시선이 바로 레비스트로스와 푸코와 데리다의 철학이었다. "연탄재 함부로 발로 차지 마라. 너는 누구에게 한 번이라도 뜨거운 사람이었느냐." 안도현의 시, 〈너에게 묻는다〉도 비슷한 맥락이다. 나도 철학자의 자격으로 우리 사회의 모든 '나만이스트'들에게 한번 물어보고 싶다. 가슴의 지퍼를 내리고 당신의 그 가슴속을 들여다보라. 거기에 과연 '나' 아닌 '남'(人/他)이라는 글자가 있기나 한가? 당신의 그 한순간의 만족과 이익이 실은 얼마나 많은 선량한 '너도이스트'들의 불쾌와 손해와 배려와 양보 위에서 성립된 것인지를 당신은 생각이라도 해본 적이 있는가? 기준은 명백하다. '내'가 '너'에게 하려는 그 말과 행동이 '네'가 '나'에게 한 것이라면 그때 그것이 나에게 좋을지 어떨지를 생각해 보는 것이다. 그때 그것이 나쁘다고 생각된다면 그 '나'의 말과 행동을 재고하는 것이다. 이른바 윤리란 이것 이외의 다른 것이 아니다.

우리는 삶의 매 순간 자신을 선택해야 한다. 그건 사르트르의 실존주의가 알려준 삶의 진리였다. 나는 우리 사회의 모든 사람들에게 이 선택지를 들이밀고 싶다. 당신은 어느 쪽인가? 어느 쪽이 되려는가? '나만주의'인가 '너도주의'인가? 그것이 당신과 '너인 나'와 그리고 우리 모두의 삶의 질을 결정할 것이다.

어기기즘와 지키기즘
(위반주의과 준수주의)

　수년 전 모 TV 방송에 '이경규가 간다'라는 프로가 있었다. 한번은 거기서 서울시내의 여러 교차로에서 차들이 정지선을 지키는지 안 지키는지를 조명한 적이 있었다. 여러 차로의 모든 차들이 동시에 다 정지선을 지키고 멈추면 운전자들에게 공짜로 냉장고를 선물하는 재미난 설정이었다. 나도 다 본 것은 아니었지만 준비한 냉장고를 다 주기가 정말 쉽지 않았다. 그만큼 우리 사회에 교통질서를 잘 지키지 않는 사람들이 많다는 말이다.

　신호위반, 속도위반, 주차위반도 비일비재다. 심지어 옆 차로에서 깜빡이를 넣고 있는 차를 끼워주면 나도 급한데 왜 양보를 하느냐는 듯 뒷차가 경적을 빵빵거리며 성질을 부리는 경우도 한두 번이 아니다. 심지어 보복운전으로 사건이 되기도 한다. 주차장이든 길이든 하필 모퉁이에 불법주차를 한 차 때문에 불편을 겪는 일도 다반사다.

이 모든 일들이 원래는 그러면 안 되는 것들이다. 지켜야 할 암묵적인 혹은 공식적인 룰인 것이다. 그런데 이걸 대놓고 어기고 무시하고 위반하는 사람들이 너무나 많은 것이다. 거의 '어기기즘'(혹은 '무시하기즘', '안지키기즘', '위반주의', '위배주의')이라 불러도 좋을 수준이다.

어디 교통 관련뿐이겠는가. 우리 생활 구석구석 이런 '어기기즘', '무시하기즘'은 무시할 수 없을 정도로 만연돼 있다. 에티켓이나 윤리 도덕은 말할 것도 없고, 거의 모든 본분과 질서가, 심지어 법률조차도 무시된다. 그 법을 만든 국회의원도, 그것을 집행하는 관료들도, 그 법으로 죄를 다스리는 법관들조차도 그것을 무시하는 경우가 있다. 회의에서 표결로 정해진 사안에 대해서도 그 결과가 자기 마음에 들지 않으면 온갖 수단과 해괴한 논리를 동원해서 뒤집으려는 사람이 있다. 말도 안 되지만, 실제로 뒤집히기도 한다. 민주주의의 최기본조차도 아주 간단히 무시되는 것이다. 자동차든 공장이든 아무 의식 없이 매연을 내뿜는다. 기준도 규제도 무시된다. 경찰관에게조차 예사로 대든다. 아니, 그 경찰관들조차도 지켜야 할 본분을 무시하는 경우가 심심치 않게 보도된다.

이 모든 무시와 어김들의 결과가 어떠한가. 엄청난 불편과 불쾌와 손해가 뒤따른다. '지키면 손해'라는 의식이 팽배해 있다. 그래서 너도 나도 어긴다. 점점 더 불편하고 불쾌하고 손해는 커져간다. 악순환이다. 그게 지금 우리 사회의 여실한 모습이다. 이런 상황에서 절반 이상의 대다수 선량한 시민들은 좌절감에 빠져든다. 소수의 거칠고 시끄러운 악이 다수의 조용한 선을 내모는 형국이다.

지켜야 한다. 인간의 기본, 사회의 기본을 지켜야 한다. 그리고 지키도록 교육이 되어야 하고, 그래서 '지키기'가 모두에게 습관이 되어야 한다. 어린이집-유치원-초등학교에서부터 이런 준수교육이 필수가 되어야 한다. '어기기스트'들에게는 손해가 돌아가는 구조와 체재를 만들어야 한다. 가혹한 처벌도 있어야 한다. '선자의 반란', '선자의 행동연대' 그런 것도 필요하다.

무릇 인간은 순자의 지적대로 악한 본성을 지니고 있고 또한 동시에 맹자의 지적대로 선한 본성도 지니고 있다. 양면이 동시에 있는 것이다. 이쪽도 될 수 있고 저쪽도 될 수 있다. 인간은 선악가능적 존재인 것이다. 그중 어느 쪽을 누르고 어느 쪽을 드러낼 것인지는(그 활성화와 비활성화는) 개인의 선택이기도 하지만 또한 사회의 선택이기도 하다. 어느 쪽이든 그 결과는 우리의 선택이고 그것이 우리의 삶의 질을 결정한다.

모든 사람, 모든 사회가 다 똑같은 것은 아니다. 잘 지키는 사람들, '지키기스트'들도 많다. 상대적으로 잘 지키는 나라들도 많다. 싱가포르나 독일 같은 나라는 그런 면에서 자주 칭찬의 대상이 된다. 심지어 우리에게 그 많은 악행을 저지른 일본조차도 '지키기'에 있어서는 모범적인 구석이 적지 않다. (적어도 그 내부에서는, 자기들끼리는 그렇다.) 모델은 주변에 얼마든지 있는 것이다.

우리는 도대체 언제까지 이 저급과 저질을 '그런가 보다…' 하고 감내해야 하는가. 누군가 깃발을 들지 않으면 안 된다. 지킬 '수'(守)자 하나가 그 깃발에 적혀 우리 사회의 하늘에 펄럭이지 않으면 안 된다. '수'(守), '지킴'은 '고급'으로 이어진다. 사람도 그리고 사회도. '지키기'가 없는 선진사회는 알코올 없는 술, 밀가루 없는 빵, 쌀 없는 밥처럼, 벽 없는 방, 바퀴 없는 차처럼 불가능하다.

버리기즘과 간직하기즘
(폐기주의와 보존주의)

볼일이 있어 서울 인사동을 다녀왔다. 외국인들에게도 알려진 관광명소라지만 거기가 왜 관광지인지 이해하기가 어려웠다. 길이 반듯하지 못한 것도 그렇지만 한국적인 느낌도 거의 없다. 예전엔 그 뒷골목에 한옥 식당들도 좀 있었지만 그마저 거의 다 사라져버렸다. 외국 친구가 놀러온다면 나는 차라리 가회동이나 익선동을 추천할 것이다. 그나마 거기엔 거기에만 있는 한국적인 무언가가 있기 때문이다.

예전 독일 하이델베르크에서 연구년을 보내고 있을 때 이웃 스위스로 여행을 다녀온 적이 있었다. 유럽의 도시들 대부분이 그렇지만 특히 베른(Bern)은 중세의 모습이 거의 그대로 고스란히 보존돼 있어서 특별한 감동이 있었다. 현대도시의 좋음/매력과는 또 다른 좋음/매력이 거기 있었다. 천 년 전으로 타임 리프를 한 듯한 느낌마저 있었다. 예전의 것, 오래된 것, 특히 그중 좋았던 것, 그런 걸 소중히 여기고 지켜나간다는 것은 하나의 가치행위에 해당한다고 느꼈다. '좋다'고 하는 것은 특별한 설명이 필요 없다. 내가 혹은 여러 사람이 좋다고 느끼면, 그리고 찾으면, 그게 기준이 되는 것이다. 베른의 고색창연한 모습은 그렇게 여러 사람들로부터 '좋은 것'으로 평가받고 있었다.

그런 느낌은 미국 보스턴에 살 때도 느낀 적이 있다. 특히 건국 초기의 영국적 면모를 잘 간직한 찰스타운과 커먼웰스 애비뉴, 뉴베리 스트리트 등이 그랬다. 일본의 카마쿠라(鎌倉)나 야나가와(柳川) 같은 곳도 그랬고 중국 베이징 자금성 옆 동화문대가(东华门大街)와 남지자대가(南池子大街)를 비롯해 곳곳에 남아 있는 '청대거리'와 근교의 '고진'들도 그랬다. 그런 것들이 그 특유의 매력으로 사람들의 발길을 유혹한다. 그런 식의 '보존된 과거', '간직된 옛날'은 이른바 관광자원이 되기도 한다.

우리 사회에는 소중한 옛것을 지키고자 하는 의식(나는 이것을 '간직하기즘', '지키기즘' 혹은 '보존주의'라 부른다.)이 별로 없다. 희박하다. 일부 계층에서는 아주 강하기도 하지만, 대개 '그들만의 일'이고 그게 저변에 깔려 보편적-일반적인 사회적 가치로 자리잡지는 못하고 있다. 그래서 소중한 것을 '지켜내지' 못한다. 닥치는 대로 너무나 쉽게 바꾸고 버리고 없애버린다. 거의 '버리기즘', '바꾸기즘', '없애기즘', '폐기주의'라 불러도 좋을 수준이다. 어쩌면 저 신라의 김춘

추가 대표적인 바꾸기스트-버리기스트인지도 모르겠다. 신라 고유의 복식도 제도도 그리고 이름조차도 모조리 당의 것으로 바뀌버렸으니까.

나는 개인적으로 사라져버린 옛 왕조들의 옛 도읍을 무척 아쉬워하는 편이다. 서라벌, 사비성, 평양성, 그리고 개경…. 그게 잘 지켜지고 있다면 역시 세계적인 관광지로 손색이 없었을 텐데…. 그 소실이 침략이나 패배의 불가피한 결과라 할지라도 만일 지키기즘의 정신이 있었다면 당연히 복원작업이 시도되었을 것이다. (중국황실의 여름별궁이었던 베이징의 유명관광지 이화원[頤和園]도 영불연합군에 의해 파괴되었지만 그 후 서태후가 복원을 했다.)

그렇게 바뀌고 없어진 것이 어디 도시뿐이겠는가. 바꾸기즘, 버리기즘, 없애기즘은 사람들의 생활 구석구석에 습관처럼 스며 있다. 그렇게 해서 소중한 수많은 것들이 소리소문없이 알게 모르게 시나브로 사라져 간다. (이른바 '고향'이라는 것도 그렇다.) 보존되느냐 없어지느냐의 결정적인 갈림길은 소중함에 대한 인식이다. 소중한 줄 알면 지키게 되고, 그걸 모르면 쉽게 바꾸고 버리게 된다.

지키기즘과 버리기즘은 다른 말로 '소중히-여기기즘'과 '하찮게-여기기즘'으로 불러도 좋다. 우리 사회에서는 너무나 많은 소중한 것들이 너무나 하찮게 여겨진다. 그것이 사람의, 사회의, 그리고 온갖 것들의 질적 저하로 이어진다. 심지어 부모도 자식도 조강지처도, 훌륭한 인재도 하찮게 여겨진다. 선생도 학생도 학교도 직장도 ⋯ 하찮게 여겨지는 경우가 있다. 자연도 환경도 즉 강도 산도 물도 나무도 공기도, 극단적으로는 사람의 생명조차도 하찮게 여겨진다.

소중한 것을 소중한 줄 알고 지켜나가려는 의식은 그래서 철학이 되는 것이다. 우리가 지켜야 할 소중한 대상은 너무나 많고 그 대부분은 한 번 없어지면 다시 되찾을 수 없는 대체 불가능한 것들이다. 바꾼다고, 새것이라고 반드시 다 좋은 것만은 아니다. 역사가 필연적으로, 자동적으로 발전한다는 것은, 굳이 칼 포퍼의 역사철학을 동원하지 않더라도, 새빨간 거짓말이다. 감언이설이다. 발전이란 오직 치열한 노력으로만 힘겹게 얻어낼 수 있는 고귀한 결실인 것이다. 그 결실은 많은 희생을 거름으로 삼는다. 과거의 많은 소중한 것들이 그 희생으로 사라진다.

좋은 것은 반드시 앞에만 있는 것은 아니다. 뒤쪽에도 좋은 것은 얼마든지 있다. 우리는 앞만 보지 말고 뒤도 돌아볼 줄 알아야 한다. 인간의 고개가 뒤로도 돌아가는 것은 바로 그 때문이다. 인간사회에 진보도 필요하고 보수도 필요한 것 또한 그 때문이다. 전통을 논하는 가다머 철학과 새로운 사회를 논하는 하버마스 철학이 싸울 필요가 없는 것 또한 그 때문이다. 만사에 균형이 필요하다. 그것이 중용주의를 대체하는 나의 균형주의, 다양주의, 공화주의다. 중용주의는 '가운데'지만 균형주의는 '양쪽 다'다. 아니 '중간'까지 포함하는 '셋 다'다. 그것이 다양성의 기반이 된다. 다양성은 아름다움의 한 양상이다.

(최근 내가 근무하는 대학에 신규 건축공사가 하나 시작되었다. 그 신축건물 근처에 내가 무척이나 좋아하던 등나무 시렁이 있었다. 5월경이면 주렁주렁 늘어진 보랏빛 등꽃이 여간 예쁜 게 아니었다. 내가 알기로 최소한 30년은 더 된 것이었다. 그게 어느 날 출근해보니 흔적도 없이 사라지고 그 자리에 흉물스런 펜스가 쳐져 있었다. 거기서 멀지 않은 곳에 서 있던 오래된 산수유나무와 매화나무도 함께 사라졌다. '아름다운 2월'과 '아름다운 5월'이 가차없이 베어지고 버려진 것이다. 그 '좋음', '소중함'에 대한 의식이 아예 없었던 것이다. 공사에 방해가 된다면 돈이 좀 들더라도 옮겨 심을 수는 없었을까…. 그 막버리기즘이 너무나 한탄스러웠다.

최근에는 또 태양광 발전시설을 건립한다고 엄청난 규모의 숲이 사라진다는 보도도 있었다. 그 숲의 가치가 태양광 발전의 가치 못지않다는, 아니 그보다 더 소중하다는 의식이 전혀 없는 것이다. 그런 의식 대신 누군가의 이익이 거기 있다. 우려스럽기 그지없다. 아마추어의 생각이지만 굳이 태양광 발전을 하겠다면 도시의 건물 벽이나 옥상이 숲보다는 훨씬 좋은 장소가 아닐까?)

대충주의와 철저주의

　책이라는 것을 내본 적이 있는 사람은 다 알겠지만, 한 권의 책이 나오기까지는 여러 단계를 거치게 된다. 그중 교정이라는 것이 있다. 아무리 신경 써서 원고를 작성했더라도 오자나 문법적 오류 등이 있기 마련이다. 그걸 찾아내서 바로잡는 게 교정이다. 나는 엄청 꼼꼼하게 교정을 보는 편이다. 초교, 재교, 삼교까지 다 보고서야 비로소 '오케이'를 놓는다. 철저하다.

　최근에 애착이 가는 독일시집을 한 권 번역했는데 그 완성본이 도착해 흐뭇한 마음으로 다시 읽어보다가 중요한 구절 하나가 통째로 사라진 걸 발견하게 되었다. 경악했다. 나는 꼼꼼하게 교정을 본다고 보았는데 마지막 편집과정에서 기술적인 실수가 있었던 모양이다. 편집자는 미안해했지만 책은 이미 서점에 깔려버렸다. 편집자를 탓할 수도 없다. 평소의 치밀함을 잘 아는데다 내가 신뢰하고 좋아하던 편집자다.

할 수 없다… 생각하지만 마치 이에 음식물이 낀 것처럼 영편치가 않다.

그런데 우리 사회에서는 그런 게 별로 문제되지 않는 '분위기'가 있다. 그냥 '대충' 넘어간다. 나는 그런 '문제 삼지 않음'이 '문제'라고 생각하는 편이다. 무슨 일이든 철저해야 하고 완벽해야 하고 꼼꼼해야 한다고 생각하는 편이다. 왜? 그런 것이 '수준'을, '질적인 수준'을 결정하기 때문이다. 한 치의 실수나 착오도 있어서는 안 된다. 적어도 그런 자세로 일에 임해야 한다. 그 내용이 돈 받고 파는 상품인 경우는 더욱 그렇고 그 내용이 사람인 경우는 더더욱 그렇고 그게 국민과 국가의 상태를 좌우하는 정치인 경우는 더더더욱 그렇다. 그런 태도를 나는 철저주의, 꼼꼼주의 혹은 완벽주의, '신경쓰기즘' 등으로 부른다. 그 반대가 대충주의 혹은 적당주의 혹은 괜찮아요주의, '넘어가기즘'이다.

대충대충, 적당적당, 건성건성, 스리슬쩍은 흠결을 용인한다. 그런 용인이 일반적이고 보편적이 되면 그 내용물은 결국 흠결투성이가 되고 만다. 물건도, 사람도, 그리고 사회도 그렇다. 이것들은 다 연결되어 있다. 물건 하나의 흠결이 용인되면 결국 사람의 흠결도 국가의 흠결도 다 용인된다. 그 결과가 지금 우리가 목격하고 있는 이 엉망진창, 뒤죽박죽이다. 이 모든 부실과 부정들이 그런 용인에서 비롯된 것이다. '그러면 안 되는 것'이 '그래도 되는 것'이 되어버린 탓이다.

(많은 범죄들도 대개 그렇게 시작된다.)

꼼꼼함–철저함은, 기준에 대한, 정상에 대한, 온전함에 대한, '제대로'에 대한, 특유의 어떤 집착을 의미한다. (일본인들은 이런 것을 '코다와리'[こだわり]라고 부른다.) 그리고 더 근본적으로는 '좋음에 대한 지향'을 의미한다. 영어로 하면 단순한 'good' 이상의 'better', 아니 'best'에 대한 지향을 의미한다. 어떤 사회에서는 best도 아닌 extreme, ultimate을 지향하기도 한다. 그런 태도, 그런 자세, 그런 의식, 그런 가치관이 이른바 선진국을 가능하게 한다.

꼼꼼하기로 치면 독일이 소문나 있다. 독일 하이델베르크에서 지낼 때다. 늘 지나다니는 길목에 도로공사가 벌어졌다. 알다시피 독일의 옛 도시는 길바닥에 돌이 모자이크처럼 박혀 있다. 그게 몇 개 흔들렸었다. 지나다니는 데 별 지장도 없었다. 그런데 그걸 다시 손질하는 데 몇 날 며칠이 걸렸는지 모른다. 철저했다. 돌을 거의 '심는다'고 해야 할 정도였다. 우리 주변에서 흔히 보는, 보도블록을 적당히 '까는' 것과는 달랐다. 공사가 끝나고 다시 도로가 재개통되었을 때, 그것은 완벽한 원래 모습을 되찾고 있었다. 길바닥에서도 품격이 느껴졌다. 그런 식이다. 저들은 아마 그런 자세로 자동차를 만들고 아스피린을 만들고 쌍둥이표 칼을 만들 것이다. 이탈리아의 고미술품 복원도 그런 식으로 이루어진다고 들었다.

우리가 배워야 할 모델은 세계에 무수히 많다. 그들처럼 '되기'를 바란다면 그들처럼 '하지' 않으면 안 된다. 그런 게 선진으로 가는 발걸음이 된다. 우리가 나아가야 할 방향은 질적인 고급국가밖에 없다. '철저–완벽–꼼꼼'이 그 길을 닦아준다. '대충대충–적당적당'은 그 길을 막는 가시덤불이 된다. 걷어내지 않으면 고급국가로 향하는 그 길은 절대 열리지 않는다. 그 앞에서 "열려라 참깨!"를 아무리 외쳐도 소용없다.

개구리즘과 해바라기즘

'내가 최고', '우리가 최고'라는 사람을 주변에서 적지 않게 목격한다. 그 '우리'에는 이른바 패거리-진영-계층 같은 것도 있고 나라도 있다. 예전엔 거기 가문도 있었고 당파도 있었다. 거기엔 어떤 특유의 착각과 고집과 오만이 있다. 그리고 그 밑바탕에는 무의식적인 어떤 열등감 내지 콤플렉스가, 혹은 어떤 야만성-침략성-공격성이 깔려 있을 수도 있다.

사람에게는 두 개의 눈이 있다. 보이지 않는 정신의 눈도 그렇다. 그 하나는 안을 바라보는 눈이고 다른 하나는 밖을 바라보는 눈이다. 개인도 집단도 국가도 마찬가지다. 절대적인 것은 아니지만 안을 바라보는 눈이 극도로 발달한 나라가 인도이고 밖을 바라보는 눈이 극도로 발달한 나라가 일본이 아닐까 싶기도 하다. (인도의 경우 그 명상문화가 아마 한 증거가 될 것이다. 불교의 이른바 유식론도 그중 하나다.)

밖을 내다보는 일본의 그 눈, 그 정신을 나는 '해바라기 즘'이라 부른 적이 있다. (그들도 몰랐겠지만 그것은 그들의 국기에도 드러나 있다. 그들은 '해'를 바라보고 있는 것이다. 이는 '내다보기즘'이라고 불러도 좋다. 물론 그들은 국기의 그 태양이 그들의 조상신 '아마테라스 오미카미'라고 말할지 도 모르겠지만 다른 상징성도 있을 수 있다는 말이다.) 일본 은 섬나라다. 그래서 안과 밖이 명확하다. 더구나 그것은 바 다로 둘러싸여 있다. 구조적으로 바깥에 대한 호기심이 없을 수 없다. 그래서 그들은 역사의 초창기부터 바깥을 내다봤 다. 그 바깥에 뭔가 '좋은 것'이 있는 것이다. 그 상징이 바로 '해'다. 그들의 눈은 그 '해'를 따라 돌았다. 그게 일본의 역 사다. 그래서 일본은 하나의 해바라기다. 일본이라는 해바라 기가 최초로 바라본 해는 가까운 '가야/가라/가락'이었다. 그 철의 문화였다. 그러나 해는 움직인다. 해바라기의 고개 는 그 해를 따라서 돈다. 그 다음에 바라본 해가 신라-백제-고구려였다. 그 흔적 내지 증거는 그들의 유물-유적 가운데 서 얼마든지 찾아볼 수 있다. (백제관음, 황실 창고 쇼소인의 신라 수저들, 《겐지이야기》에 등장하는 고구려 관상가 등등) 그 다음의 해가 당이었다. (그들은 당을 '가라'라고 읽는다.) 가야라는 해의 흔적 혹은 잔상이다. 견수사, 견당사 등을 시 작으로 그들은 활발하게 중국이라는 해의 영양(중국의 문명) 을 흡수했다. 그 다음이 우연히 도래한 '남만'(서양-유럽)이었다. 구체적으로는 포르투갈-네덜란드(홀란드)였다. (서양의 학문을 '란학'이라 불렀던 것도 '오란다' 즉 홀란드의 흔적이다.) 그 다음이 영국, 프랑스, 독일 등 유럽의 핵심국가들이었고 그 다음이 바로 미국이었다. 일본이라는 해바라기는 그렇게 해의 위치 변화를 충실히 추적하면서 지구를 한 바퀴 빙 돌아 지금 미국이라는 해를 바라보고 있다. 해바라기의 큰 장점은 그 바라기의 결과로 고소하고 영양가 있는 씨앗을 남긴다는 점이다. 그게 지금의 일본이다. 특히 일본의 문화다. 그들의 국력도 그렇게 해서 자라났다.

그런데 이런 해바라기즘은 실은 일본에만 해당하는 것이 아니다. 우리나라에도 그런 것이 있다. (그리고 실은 모든 인간의 보편적-본질적 성향이다.) 그러나 우리의 경우는 눈이 주로 중국에 머물러 있어 서양이라는 해를 제때에 보지 못한 우를 범하기도 했다. 그래서 근대화에 뒤진 측면이 있다. (근대화이 내용이 곧 서구화였기 때문이다.)

이 해바라기즘의 반대현상이 있다. 바깥의 좋은 것을 보지 못하고 자기만의 세계에 (혹은 진영 안에) 갇혀 "에헴"하고 잘난 체하는 것이다. 이런 태도는 꼴불견일 뿐만 아니라 위험하기도 하다. (내가 지향하는 공화주의를 심각하게 저해한다. 그 적이다.) 나는 그것을 개구리즘(우물안개구리즘-정중지와이즘)이라 부른다. 프란시스 베이컨은 그 잘못을 '동굴의 우상'이라 부르기도 했다. 알다시피 그런 지적의 원조는 플라톤이다. 그의 동굴의 비유다. 여기엔 특유의 폐쇄주의가 있다. 쇄국정책의 뿌리도 거기에 있다. '지피지기면 백전불퇴'라 했다. 피기(彼己)는 아타(我他)이기도 하고 안팎-내외(內外)이기도 하다. '타'는 사실 '아'의 거울이기도 하므로 바깥의 좋은 것을 모르면 자신의 정확한 상태를 알 수도 없다.

우리 주변엔 바깥세상을 모르는 우물 안 개구리들이 의외로 많다. 더욱이 그들은 개굴개굴 시끄럽게 떠들어댄다. 그들보다는 차라리 조용히 해를 바라보고 맛있는 씨앗을 익혀가는 해바라기가 백 배 낫다. 해는 바깥에, 하늘에 언제나 있다. 그것은 거의 영원히 사라지지 않는다. 지금 그 해는 어디에 있는가. 끊임없이 바깥을 주시해볼 필요가 있다. 어떻게 보면 이른바 진리탐구라는 것도 일종의 해바라기즘이다. 우리 주변엔 그런 긍정적인 의미의 해바라기들도 의외로 적지 않다.

분열주의와 단합주의
(맞서기즘과 맞잡기즘)

근래 여러 미디어를 통해 보도되는 사건들 중에 성대결 양상을 띤 것들이 하나둘 등장하고 있다. 아연실색하지 않을 수 없다. 보통이라면 여자에게는 남자가, 남자에게는 여자가, 세상 모든 존재 중 가장 좋은 것일 텐데 어쩌다 이 지경에 이르렀다는 말인가. 남혐, 여혐이라는 말이 마치 시대의 유행처럼 사람들의 입에 오르내린다. (물론 그 근저에는 오랜 세월 여자를 '인간의 절반'으로 인정−존중하지 않은 남성 우월적 행태가 놓여 있다. 우리 사회의 남성들은 그 책임에서 자유로울 수 없다.)

나는 오래전부터 우리 사회의 고질적인 현상인 편가르기를 그리고 그 갈등−대립−다툼을 한탄해왔다. 남북이, 동서가, 상하가(노사가), 좌우가(보혁이) 갈가리 찢어져 있는 데다, 전후(세대)−원근(지방/서울)이 대립하더니 이제 마침내 음양(남녀)마저 갈라져 맞서게 된 것이다. 단언컨대 이런 현상은 사람을 피폐하게 할 뿐 아니라 망국의 지름길이기도 하다. 이런 [편]가르기즘, 나누기즘, 맞서기즘, 찢어지기즘, 분열주의는 사실 그 뿌리가 깊다. 해석하기에 따라 삼국의 분열과 조선의 저 악명 높은 당쟁도 그것에 해당한다.

물론 세상 만유가 모두 각각 다른 개체인 이상 억지로 하나가 될 수는 없다. 그리고 모든 생명체가 세포분열로 성체가 되는 이상, 갈라지는 것은 존재의 근본원리에 속하는지도 모르겠다. 그러나 그 다름과 각각임은 조화를 위한 것이지 그것이 곧 대립과 다툼의 근거가 되지는 않는다.

맞선다는 것은 '저쪽'에 대한 '이쪽'의 태도의 문제다. 자신에 대한 그리고 상대에 대한 가치판단이 그 근저에서 작용하고 있는 것이다. 이쪽이 옳고 저쪽은 그르고, 이쪽이 맞고 저쪽은 틀리고, 이쪽이 좋고 저쪽은 나쁘고, 이쪽이 잘났고 저쪽은 못났다는 그런 생각이 전제로 되어 있는 것이다. 그건 오만이다. 오만은 긍지와 (자만은 자존-자긍과) 전혀 다른 것이다. 오만에는 자신에 대한 과대평가와 상대에 대한 과소평가가 내재되어 있다. 오만에는 저쪽에 대한, 상대에 대한 인정과 존중이 결여되어 있다. 하이데거가 알려준 현존재(인간)의 존재 즉 마음씀(Sorge), 특히 다른 현존재에 대한 '배려'(Fürsorge)라는 마음씀, 그것이 결여되어 있는 것이다. 생각 속에, 특히 마음속에 오로지 나와 '우리 편'만 들어 있지 너-당신 혹은 '저들'의 자리가 아예 없는 것이다.

그런데 우리는 곧잘 망각하고 있다. 이 모든 분열과 대립이(가르기와 맞서기가) 결국 어떤 인간적 이해관계 때문에 생겨난다는 것을. 이득을 둘러싼 대립이라는 것을. 거기에 '나만' 혹은 '우리만' 그것을 차지하겠다는 추악하고 살벌한 욕심이 작용하고 있다는 것을. 그리고 이런 대립에서는 반드시 어느 한쪽의 희생이 동반된다는 것을. 역사상 그 극단의 형태가 주인과 노예의 관계였다. 정복자와 피정복자의 관계도 그런 부류다.

어느 한쪽의 희생과 배제가 선이 아님을 인식하는 이성이 있다면, 우리는 그런 분열과 대립을 극복하는 노력을 개시하지 않으면 안 된다. 그 프레임을 '맞서기'에서 '맞잡기'로 전환하지 않으면 안 된다. (이는 남북통일을 위한 철학이기도 하다.) 뭉치기–합치기–모이기 그런 삶의 태도가 하나의 '이즘'이 되지 않으면 안 된다. 이런 태도를 나는 단합주의, 단결주의, 뭉치기즘, 합치기즘, 모이기즘이라 부르기도 한다.

맞잡기는 '우리'의 틀을 소아에서 대아로 키워준다. 그러면 그만큼 '나', '우리'의 힘도 커지게 된다. 혼자서는 꼼짝도 하지 않는 바위조차도 힘을 합치면 간단히 움직일 수가 있다. 그 우리의 단위가 국가사회라면 더 말할 필요도 없다. 구성원이 분열–대립하는 조직과 국가는 절대 힘을 가질 수 없다. 있는 힘조차도 발휘할 수 없다.

대립–갈등–다툼의 많은 부분은 이른바 정의가, 그리고 윤리와 철학이 조정해줄 수 있다. (벤담의 공리주의, 하버마스의 진리론, 롤스의 정의론, 레비나스의 얼굴론 … 등은 특히 유용하다.) 그렇게 모두의 이익을 위해 나–우리 편의 이익을 조절–조정하지 않으면 안 된다. 그게 내가 지향하는 공화주의다. 좋은 것을 함께 누리자는 것이다. 맞서면 그것은 멀어지고 맞잡으면 그것은 가까워질 수 있다. 우선 남녀부터 손을 맞잡자. (그게 모든 인간적 힘의 원천이었다. 또한 모든 아름다움, 아니 모든 존재의 원천이었다.) 그리고 동서–남북–상하–좌우–전후–원근으로 그 범위를 넓혀나가자. 그 끝에서 '선진'이 우리를 기다리고 있다. 이런 맞잡기만 제대로 돼도 세상은 거의 유토피아다.

끌어내리기즘과 끌어주기즘

아주 많지는 않지만 주변에서 아주 괜찮은 인재를 보게 될 때가 있다. 그럴 때 나는 아주 자연스럽게 그 인재를 우러러 보게 된다. 그리고 그가 이 세상을 위해 기여하기를 자연스럽게 기대하게 된다. 그가 이른바 '후생'이라도 마찬가지다. 그런데 참 묘하다. 우리 사회에서는, 아니 인간세상에서는 그런 인재가 반드시 그 훌륭함을 인정받고 그 자질을 꽃피우지는 못한다. 오히려 그 반대, 즉 그 훌륭함을 무시하고 심지어 짓밟아버리는 경우가 훨씬 더 많다.

내가 아는 후배 A는 유럽에서 학위를 받고 돌아와 학회에서도 그 실력을 과시했지만 결국 자리를 얻지 못하고 좌절했다. 가난과 자괴감과 배신감. 그는 삶의 고통을 이기지 못하고 스스로 세상을 버리고 말았다. 그는 자신의 역량을 그렇게 버림으로써 세상에 복수했다. 또 내가 아는 선배 B는 미국에서 학위를 받고 해외의 초명문대학에서 오래 교수생활을 했지만 그 좋은 조건을 버리고 그리운 고국으로 돌아왔다. 그러나 정작 고국에서는 어디서도 환영받지 못하고 자리조차 얻지 못했다. 그는 지금 강원도에 칩거하며 혼자 문필활동으로 의미를 삼고 있다. 그들의 자질을 생각하면 참으로 아까운 노릇이 아닐 수 없다.

중요하고 좋은 자리는 엉뚱한, 시시한, 그러나 요령 있는 인사들이 차지하고 있는 경우가 너무나 많다. 유유상종이라고 '하찮은 그들'은 자기네끼리 패거리를 이루어 서로 끌어주고 세상의 과실을 나눠 먹는다. 그 결과는 불문가지다. 부실은 필연인 것이다. 학교도 회사도 나라도 다 마찬가지다. 그런 데서는 진정한 발전과 번영이 원천적으로 불가능하다.

무시, 끌어내리기 내지 짓뭉개기-짓밟기는 많은 경우 욕심과 시기-질투에 기반하고 있다. 훌륭한 인재의 훌륭함을 인정하면 상대적으로 자신의 모자람-저급함이 드러날까 두렵고 이익을 빼앗길까 두려운 것이다. 그런 두려움이 "니까짓 게…"라는 무시로 나타나며 그게 행위화되어 짓뭉개기-짓밟기-끌어내리기 혹은 싹자르기로 이어진다. 무시하기즘-깔보기즘-짓뭉개기즘-짓밟기즘-끌어내리기즘-잘라버리기즘, 이런 것을 우리는 저질이라고 인식하지 않으면 안 된다.

우리가 만일 삶의 고양을 바란다면, 좋은 인간, 좋은 나라, 좋은 세상을 바란다면, 우리는 저질과 반대되는 고상함을 추구하지 않으면 안 된다. 인간적인 고상함은 꼭 비싼 명품을 걸치는 데 있는 것이 아니라 '고상한 인간'이 되는 데서 가능해진다. 고상한 인간은 '인격'의 소지자다. 인격의 핵심은 타자에 대한 태도의 여하에 놓여 있다. 타자에 대한 존중, 특히 타자의 훌륭함에 대한 인정에 인격이 있다. 그 적극적-실천적 형태가 다름 아닌 '끌어주기'다. 혹은 '밀어주기'다. 훌륭한 타자의 그 훌륭함이 아름답고 찬란하게 꽃피울 수 있도록 자신의 역량을 동원해 도와주는 것이다. (이는 키우기즘-기르기즘-북돋우기즘이라 불러도 좋다.) 그 기준이 오직 '객관적인 훌륭함'에 있는 것이 진정한 인격인 것이다. 그 기준이 '연줄'이나 '이익'이 아닌 것이다. 지연, 학연, 이념 … 그런 것이 아니고 패거리의 이익이 아닌 것이다.

이를테면 장영실의 자질을 알아보고 이끌어준 세종의 태도, 이순신을 알아보고 이끌어준 유성룡의 태도, 정약용의 자질을 알아보고 이끌어준 정조의 태도, 이병철-정주영-박태준의 자질을 알아보고 키워준 박정희의 태도, 문재인을 알아보고 키워준 노무현의 태도, 그런 것은 자신이나 패거리의 이익과는 무관한, 국가 전체의 이익을 위한 것이었다. 바로 그런 것이 인격이고 고상함이고 훌륭함인 것이다.

그런데 심지어 이런 인물들에 대해서조차도 "니 까짓 게…" 하면서 눈에 쌍심지를 돋운 인사들이 없지 않았다. 우리는 그들의 기준이 과연 어디에 있었는지를 면밀히 들여다

보지 않으면 안 된다.

물론 사람에 대한 평가는 그렇게 단순한 것은 아니다. 전적인 선도 전적인 악도 있을 수 없다. 세종에게도 유성룡에게도 정조에게도 박정희에게도 노무현에게도 흠결은 있다. 장영실, 이순신, 정약용, 이병철, 정주영, 박태준에게도 흠결은 있다. 그건 인간인 이상 불가피하다. 그게 인간이니까. 그러나, 아니 그렇기에, 인간의 훌륭함이 더욱 가상한 것이다. 바로 그렇기 때문에 우리는 인간의 그 훌륭한 부분을 끌어주어 꽃피우게 해야 하는 것이다. 인격과 고상함이란 연꽃과 같아서 흙탕 위에 피어나 더욱 아름답다는 것을 우리는 알아야 한다. 인간의 훌륭함이란 그런 것이다. 그걸 나는 '유한 속의 무한'이라 부르기도 한다.

지껄이기즘과 들어주기즘

세상엔 별의별 사람들이 다 있다. 그 '별의별'이라는 것은 일단 '개성'이라는 이름으로 존중해줄 필요가 있다. 그러나 그 개성이라는 것이 남들에게 폐를 끼치는 경우라면, 심지어 피해를 주는 경우라면 그건 문제다. 말이 많은 경우도 그럴 수 있다. 더구나 그 말이 일방적인 경우는 더욱 그럴 수 있다.

우리 주변엔 그런 사람이 적지 않게 있다. 그들은 잠자코 있질 못한다. 여러 사람이 모인 자리에서도 거의 발언권을 독차지한다. 다른 사람이 뭔가 말하고 싶어 해도 좀체 기회를 주지 않는다. 내가 아는 A라는 인물은 직장 홈페이지 게시판에 거의 매일 글을 올린다. 내용도 거의 자신의 신변잡기다. 거의 일기 수준이다. 거기엔 엉뚱한 자화자찬도 섞여 있다. 그걸 부끄러운 줄도 모르고 줄기차게 올린다. 심지어 다른 사람들에 대한 비난, 공격의 내용들도 비일비재다. 그 표현도 비속하기 이를 데 없다. 오프라인에서 다른 회원들을 만나보면 거의 환멸을 느끼겠다는 반응이다. 그래서 아예 접속을 꺼린다. B라는 비슷한 인물이 거기에 가세했다. 둘의 쿵짝이 아주 가관이다. 그들은 자신들의 말이 듣는 이에게 어떤 느낌을 주는지 그런 것에는 아예 관심이 없다. 다른 사람의 말은 아예 들을 생각이 없다. 그들의 말은 완전히 일방통행이다. 하여 그 게시판 자체가 혐오의 대상이 되고 만다.

입에도 귀에도 질이 있고 품격이 있다는 것을 우리는 알지 않으면 안 된다. 입이라고 다 입이 아니고 귀라고 다 귀가 아닌 것이다.

듣는 귀를 의식하지 않는 입은 입이 아니다. 그런 입이 하는 말은 말이 아니고 지껄임이다. 적지 않은 경우, 자식에게 하는 부모의 말, 후배에게 하는 선배의 말, 부하에게 하는 상사의 말, 학생에게 하는 선생의 말, 국민에게 하는 정치인의 말이 그런 지껄임이 되기도 한다. 듣는 이의 귀를 의식하지 않는 것이다. 그런 입이 하는 그런 식의 말하기를 나는 '지껄이기즘'이라고 부른다. 지껄이기스트들의 지껄이기즘은 사람들에게 폐를 끼치고 해악을 가하기도 한다. 그 말의 내용이 들을 만한 것이어야만 비로소 말인 것이고 그런 말을 하는 입이어야만 비로소 입인 것이다.

우리는 '듣기'를 재조명하지 않으면 안 된다. 듣기란 단순히 상대방의 목소리를 듣는 것이 아니다. 그 말의 내용에 귀를 기울이는 것이다. 그것을 자기의 생각 속에서 행위 속에서 고려하는 것이다. 아니, 듣기란 애당초 상대방의 언어에 대해, 아니 상대방 그 자체에 대해 열려 있는 실존의 한 양식인 것이다. 그것은 이른바 '선'의 한 기본조건이 되기도 한다. 상대방에 대해 닫힌 선이란 본질적으로 존재할 수 없다. 적어도 윤리적 선이란 그런 것이다. 그렇지 못한 것을 우리는 독선이라고 부른다.

'듣기'의 자세로 상대방의 말을 들어보면 거기에도 판단이 있고 주장이 있음을 알 수 있다. 그것이 자신의 그것과 충돌할 수도 있다. 그럴 경우 토론 혹은 의논이 필요해진다. 하버마스나 롤스 같은 철학자들의 이론이 그럴 때 빛을 발한다. 그런 게 통하는 세상이 성숙된 사회, 수준 있는 사회, 질 높은 사회, 품격 있는 사회, 선진사회인 것이다.

그 시작이 바로 상대방의 말에 귀기울여주는 것, 즉 '들어주기즘'이다. 우리 사회에서는 이런 의미의 '듣기스트'가 참으로 적다. 그런 교육도 연습도 훈련도 없었고 그 중요성에 대한 지적이나 강조조차도 별로 없었다. '듣기'는 심지어 '손해'로 이어졌고 그렇게 인식되었다. 악순환이다. 이 악순환의 고리도 끊지 않으면 안 된다.

듣기에 대한 칭찬과 지껄이기에 대한 지탄이 그 시작이 될수 있을 것이다. 비슷한 취지로 나는 '귀의 철학', '입의 철학'이라는 것을 호소하기도 했다.[8] 나의 이런 말을 들어줄

---

8) 《사물 속에서 철학 찾기》 참조.

귀는 이 사회에 과연 있을까? 일단 한번 기다려봐야겠다. ("진정한 언어는 언제가 어디선가 그것을 들어주는 귀를 만나게 된다"고 나는 말한 적이 있다. 아직은 그 귀를 만나지 못하고 있다.)

앞만보기즘과 멀리보기즘
(단견주의와 예견주의)

　요즘 한국의 대학 풍경은 칙칙하기 이를 데 없다. 저출산으로 인한 인구감소가 대학 입학자원의 고갈로 이어져 대규모 정원미달 사태가 코앞에 닥쳐 있다. 이런 와중에도 대학들은 정부의 각종 평가와 이른바 '사업' 따오기에 혈안이 되어 있다. 거의 '허덕허덕'이다. 대학의 역량이, 그 고유의 본질인 학문연구와 인재양성을 벗어나 이런 일들에 집중되는 것은 무엇보다 '돈' 때문이다. 돈줄을 쥔 정부로서야 대학을 통제하고 입맛대로 휘두르기에 이보다 더 좋은 수단이 없다. 총장들도 거의 관료의 수하가 된 양상이다. 고사하기 싫으면 시키는 대로 할 수밖에 없다. 대학과 학문에 대한 존경은 아득한 옛이야기가 되고 말았다.

　이런 사태는 이미 오래전부터 예견된 것이었다. 우수한 통계학자와 수학자와 사회학자 한 명씩만 있어도 그 미래가 선명하게 눈에 보일 일이었다. 대책도 얼마든지 가능한 일이었다. 대학의 양을 줄이고 질을 높이는 것이 정답이었다. 과잉 공급된 인적 자원은 그 질의 향상에 활용될 수 있었고 그게 정부가 할 일이었다. 각종 전문연구소들을 설립해 거기로 인재를 수용하는 것도 하나의 방법이었다. 천문학적 예산은 그런 쪽으로 투입되어야 할 일이었다. (UNIST의 설립은 그 성공사례의 하나다.) 그런데 이렇게 간단한 일을 내다보는 눈들이 많지 않았다. 더욱이 그 드문 눈들이 내다본 원경조차도 바로 눈앞의 이익만 바라보는 근시안들에 의해 무시되고 말았다. 눈앞에 놓인 '떨어진 당근'이 저만치에 있는 밭 자체를 보지 못하게 시선을 차단했다. 그 결과가 요즘 모두의 눈에 목격되는 이 칙칙함이다.

어디 대학뿐인가. 인간세상의 구석구석에 이런 현상은 편재하고 있다. 나는 이런 현상 내지 경향을 '[바로]앞만보기증' 혹은 '근시안주의'라고 부른다. 개인이든 사회든 진정한 선과 행복을 소유하려면 최소한 10년 후를 내다보고서 움직여야 한다. 음식을 할 때 이 재료를 집어넣으면 어떤 맛이 날지, 어떤 요리가 될지를 머릿속에 미리 그리면서 냄비를 얹지 않으면 안 되는 것과 같은 이치다. 결과를 미리 내다보고 그려보는 것, 이런 태도, 이런 자세를 나는 '[멀리]내다보기증'이라고 부른다. 개인이든 사회든 삶의 모든 일들은, 특히 중요한 일들은, 특히 사람과 관련된 일들은, 하루아침에 되지 않는다. 긴 시간을 요하는 것이다. 그래서 미리 내다보는 것이 중요한 것이다.

2010년대 후반 현재 한국사회의 가장 큰 문제 중의 하나로 미세먼지 사태도 있다. 거의 심각한 재난 수준이다. 이 또한 오래전부터 예견된 일이었다. 그런데 그것도 미리 내다보고 대책을 세우지 못했다. 그 결과가 이 갑갑함-숨막힘이다. 오염물질의 배출이 살인행위라는 인식도 별로 없다. '이대로 10년 후'를 생각하면 정말 끔찍하다. 지금이라도 그때를 내다보지 않으면 안 된다. 구조는 의외로 간단하다. 자동차와 공장과 난방이다. 그것들을 돌리는 화석연료다. 그것을 제어하고 전환하는 데 예산을 투입하지 않으면 안 된다. 나무도 심지 않으면 안 된다. 중국과 몽골의 사막에까지도 눈길이 미치지 않으면 안 된다. 그것을 방해하는 것도 역시 [바로] 눈앞의 이익만 바라보는 근시안이다. 그 이익에 대한 욕심이다. 그것이 '내다보는 눈'을 멀게 한다. 지금 우리는 거의 모두가 근시안이다. 그래서 단견적이다.

앞날의 진정한 선과 행복을 원한다면 우리는 이제 각자 멀리를 내다보는 안경을 정신의 눈에 걸치지 않으면 안 된다. 특히 정치와 관료사회에, 그리고 언론과 교육에 그런 안경이 절실히 필요하다. 망원경까지는 아니더라도 근시교정 안경 하나씩은 꼭 필요하다. 그 안경은 대학의 철학과에서 팔고 있다. 그리고 서점에서 팔고 있다. 그런데 요즘 이런 데는 손님이 별로 없다. 이게 다 망해서 폐업을 하면 그땐 안경을 사려고 해도 살 수가 없다. 온라인이든 오프라인이든 쇼핑몰에서는 이 안경을 팔지 않는다. SNS에서도 팔지 않는다. 스마트폰도 그것을 알려줄 만큼 스마트하진 못하다. 오히려 눈만 버리기 십상이다. 내다보는 안경이 사라진 10년 후를 생각하면 그것도 끔찍하다. 그걸 내다보고 지금부터 대책을 세우지 않으면 안 된다. 앞만보기스트들에게 투입하던 돈도 멀리보기스트들에게 돌리지 않으면 안 된다. 돈의 흐름을 바꾸어야 한다.

　멀리 자신의 사후까지도 내다보던, 아니 영원을 내다보던 소크라테스, 예수, 부처, 공자, 그들의 긴 눈이 참으로 그립다.

무감각주의와 심미주의

내가 근무하는 창원은 봄마다 한동안 사람으로 미어터진
다. 진해 벚꽃축제가 전국적으로 잘 알려져 있기 때문이다.
서울 여의도도 경주 보문단지도 지리산 쌍계사도 마찬가지
다. 그런 벚꽃의 명소는 울산 작천정을 비롯해 부지기수다.
가을이면 그 인파가 정읍 내장사와 설악산 등등 단풍의 명소
로 몰려든다. 나는 그 인파들 속에서 인간 본성에 속하는 일
종의 심미주의를 발견한다. 인간은 아름다운 것을 좋아하고
추구하는 것이다. 인간은 'homo aestheticus'(미학적 존재/
심미적 존재)다. 참 묘한 진리다. 가르친 것도 아니고 시킨
것도 아닌데 저절로 그렇게 된다. 아프리오리다. 누가 심어
놓았는지 인간에게는 애당초 그런 선천적 경향이 내재하고
있는 것이다. 존재의 신비라 말해도 좋다. 그런 심미주의를
나는 '아름답기즘', '아름다운걸좋아하기즘'이라 부르기도
한다.

어디 자연뿐인가. 사람에 대해서도 마찬가지다. 아름다운 혹은 잘생긴 사람은 남녀 불문하고 주목의 대상이 되며 그래서 인생 그 자체의 엄청난 호조건 내지 강점으로 작용한다. 그 미모로 팔자가 (인생의 운명이) 달라지는 것이다. 서시, 양귀비, 왕소군이 그랬고, 엘리자베스 테일러, 오드리 헵번도 마찬가지다. 가깝기로는 이영애나 최지우나 김태희도 마찬가지다. (그녀들의 지위나 부나 인기를 생각해보라.) 사람들은 그렇게 아름다운 것에 자연스럽게 눈이/마음이 끌리게 되어 있다. 그런 심미적 경향은 요즘 서울 강남의 성형외과들과 시내 곳곳의 면세점 화장품코너에 운집하는 중국인 유커들에게서도 확인할 수 있다.

다 좋다. 어느 누가 그런 미적 지향을 나무랄 수 있겠는가. 우리는 그것을 인정해야 한다. 물론 그런 추구가 지나쳐 다른 일들을 그르치고 심지어 이른바 경국지색에 빠져 나라까지 기울게 하는 그런 경우라면 그건 문제가 된다. 미적 추구가 사치가 되어 경제를 망가뜨린다면 그런 것도 문제가 될 수는 있다. 그러나 그렇다고 해서 미의식 자체가 문제가 될 수는 없다. 그것은 음식이나 잠만큼은 아니더라도 우리 인간의 본능에 속하는 것이기 때문이다.

그런데 이런 지향이, 이런 경향이 인간의 질적 향상에/고양에 기여하는 것이라면 보편적이고 일반적인 사회적 통념으로 자리 잡아야 마땅할 텐데, 우리 사회 일각에서는 의외로 그렇지 못한 구석이 너무나 많이 눈에 띈다. 자기 얼굴 외에는 아름다움 따위에 별로 신경을 쓰지 않는 것이다. 내가/내것이 아니라면 우선순위에서 밀려나거나 혹은 뒷전이 된다. 아예 고려대상이 아닌 경우도 많다. 보기 흉해도 별 상관하지 않는다. 그건 좀 문제라고 나는 생각한다. (만유에 대한 이 시대의 기준이 경제라는 것을 고려하더라도 그건 좀 문제다. 왜냐하면 아름다움은 곧 경제적 가치로 연결되기도 하기 때문이다. 미인이 주인공이 되어 더 많은 출연료를 받는 것도 그것을 방증하고, 아름다운 물건이 고급상품 혹은 이른바 명품으로서 고가에 팔리는 것을 보더라도 그건 틀림없다. 자본주의 세상에서 가격이란 그저 아무렇게나 매겨지는 것이 아니기 때문이다.) 아름다움에 신경 쓰지 않는 이런 태도, 자세, 경향, 즉 감각, 감성의 부재를 나는 '무감각주의' 혹은 '아무래도좋다주의'라 부르기도 한다.

이런 문제는 특히 자연이나 사람이 아닌 '인위적 존재'에서 두드러진다. 도시적 요소들이 대부분 그렇다. 건축물, 도로, 교량 … 그런 것들이다. (촌락도 마찬가지다.) 예컨대 파리의 개선문, 에펠탑 등등, 뉴욕의 자유의 여신상, 센트럴파크 등등, 특히 파리 센느강에 걸쳐진 다리들은 그냥 다리가 아니라 하나같이 다 예술작품 급이다. 그런 것들은 이른바 관광자원이 되어 경제적 가치를 창출하기도 한다. 일본의 온천, 여관, 음식, 중국의 고궁, 호수 … 등도 그런 '아름다운

것', '미적 존재'에 속한다. 참고나 표본이 될 아름다운 결과
물들은 이 인간세상 어디에나 차고 넘친다. 그런데 우리 사
회에는 세계인의 눈길을 끌 매력적인 아름다움이 너무 적다.
이거다 내세울 만한 건축물이 하나도 없다. 한강의 그 많은
다리들도 다 그저 그렇다. 걸어보고 싶은 아름다운 거리도
별로 없다. '홍보'되고 있는 것은 제법 있으나 막상 가보면
대부분 실망이다. 진짜 수준 있는 아름다움은 관광객들의
'감동', '탄성'을 기준으로, '다시 찾고 싶은 마음' 혹은 '부러
운 눈'을 기준으로 판가름할 수 있다.

　나는 선진국이라는 건축물을 지탱하는 네 개의 초석을 칼,
돈, 손, 붓(군사력, 경제력, 기술력, 문화력)이라고, 그리고
네 개의 기둥을 합리성, 도덕성, 심미성, 철저성이라고, 그리
고 그것을 지탱하는 들보가 실용성, 그리고 그것을 감싸는
지붕이 공공성이고 그 중심축이 지도자라고, 그리고 그 지반
이 인간 내지 인간의 의식-정신이라고, 여러 차례 주장하고
그 실현을 위한 노력을 호소해왔다. 그 4대 기둥 중의 하나
가 심미성인 것이다. 나는 인간이 만드는 모든 구조물의 최
종단계가 이른바 '심미위원회'의 승인이 되기를, 그 승인이
지출의 절대조건이 되기를 철학자의 이름으로 호소해 마지
않는다. 우리 사회의 모두가 아름다움 속에서 인생의 만족을
느끼며 살았으면 좋겠다.

불결주의와 청결주의

영화나 드라마를 보다 보면 가끔씩 좀 특이한 장면이 있다. 여자 주인공이 남자 주인공의 거처를 방문했을 때, 너저분하게 흩어져 있는 옷이며 책이며 그런 것들을 보고 주섬주섬 치우고 깔끔하게 정리해주는 것이다. (내세우지 않아 그렇지 남자가 여자의 방을 정리해주는 경우도 실은 드물지 않다.) 혹은 갑자기 누군가 찾아왔을 때, 후다닥 자기가 치우는 장면도 있다. 그런 깔끔성은 그저 단순한 취향이 아니다. 인간 본연의 청결지향이 무의식적으로 작용하고 있는 것이다. 심미주의의 한 특수형태인 이 청결지향, 깨끗하고 깔끔하고 가지런한 것을 좋아하는 이런 심성을 나는 청결주의–깔끔주의–깨끗하기즘–깔끔하기즘이라 부르기도 한다.

해외여행이 보편화된 요즘, 외국에 다녀온 사람들의 여행담을 듣다 보면 그 여행지의 깨끗함–깔끔함이 심심치 않게 화제가 된다. 그런 이야기에 스위스나 노르웨이, 스웨덴, 핀

란드, 뉴질랜드, 싱가포르 그리고 일본 같은 나라가 단골로 등장하는 편이다. 모두 이른바 선진국들이다. 예전 독일 하이델베르크에 잠시 살고 있을 때, 이웃 스위스로 기차여행을 한 적이 있었다. 우연히 옆자리에 한 여학생이 앉게 되었다. 포르투갈에서 온 유학생이었다. 가벼운 대화 중에 그녀가 말했다. "처음 독일에 왔을 때 독일 거리가 너무 깨끗해서 감동이었어요. 근데 지금 스위스에 와보니 여긴 한 차원 더 깨끗하네요. 와, 정말 너무 좋아요." 그녀의 입에서 나온 '깨끗하다'(sauber)라는 단어가 귀보다 가슴에 와서 꽂혔다. 그건 깨끗함이 하나의 보편적 가치라는 명백한 증거였다.

어디 방과 거리뿐일까. 이런 가치는 모든 도시와 인간, 아니 물과 흙과 공기 등 모든 자연에서도 현실이 되지 않으면 안 된다. 우리 사회에서는 특히 그렇다. 더러움-지저분함-너저분함이 생활 주변 어디에서나 너무나 쉽게 너무나 보편적으로 목격되기 때문이다. 나는 집이 가까운 관계로 여의도 한강공원에서 자전거와 산책을 즐기는 편이다. 여기가 좋은 줄은 소문이 나 있어 날씨 좋은 주말이면 엄청난 인파가 몰려든다. 흐뭇한 풍경이다. 그런데 월요일 아침 자전거를 타고 이 공원을 지나갈 때면 눈살을 찌푸리게 된다. 그 드넓은 잔디밭이 완전히 쓰레기장이 되어 있다. 너도나도 마치 다녀간 기념인 양 쓰레기를 남긴 것이다. 보도에 의하면 매주 트럭 수십 대분의 쓰레기가 수거된다고 한다. 내 집이 아니니

더러워도 지저분해도 상관없다는 주의다. 더러움을 별로 괘념치 않는, 신경 쓰지 않는 그런 의식상태를 나는 불결주의-지저분하기즘- '더러워도괜찮다주의' 등으로 부르기도 한다.

"뭐 어때", 무심코 용인하는 이런 주의가 실은 사람과 사회의 질과 격을 떨어뜨리고 심지어는 세상과 자연을 망가뜨리기도 한다. 요즘 시대적-세계적 이슈로 부각한 환경오염도 그런 더럽히기즘에서 비롯된 것이다. 물도 토양도 공기도 엉망으로 망가져버렸다. 들도 산도 강도 바다도 그리고 하늘마저도 많은 경우 더 이상 깨끗하지 않고 아름답지 않다. 얼마 전에는 죽어 떠밀려온 고래의 뱃속에서 산더미 같은 플라스틱 쓰레기가 나왔다는 충격적인 보도도 있었다. 남태평양 한가운데 엄청나게 거대한 쓰레기 섬이 형성되었다고도 한다. 그 증거사진은 우리를 경악시켰다.

문제는 그 모든 더러움-지저분함-너저분함-불결이 인간의 더러움, 정신/의식/마음의 더러움과 연결되어 있다는 것이다. 안팎으로 더러운 인간들이 너무나 많다. 그것을 정화하는 이른바 윤리-도덕도 요즘은 설자리를 잃어버렸다. 그 인기가 바닥인 것이다. 인간들의 행태를 보고 있으면 한강공원뿐만이 아니라 온 세상이 다 쓰레기장이 되어가고 있다. 여기저기서 악취가 풍겨온다.

닦아내지 않으면 안 된다. 씻지 않으면 안 된다. 치우지 않으면 안 된다. "깨끗한 게 좋아 더러운 게 좋아?" 하고 물으면 누구나가 "깨끗한 거"라고 대답하지 않는가. 그런 대답이 우리의 방향을 이미 알려주고 있다. 당장 빗자루, 걸레, 청소기를 꺼내 들자. 그리고 청소를 시작하자. 방을, 집안을, 거리를, 자연을, 그리고 인간을, 그리고 세상을!

폄하주의와 인정주의
(깎아내리기즘과 알아주기즘)

"선지자는 자기 고향과 자기 친척과 자기 집 외에서는 존경을 받지 못함이 없다." 간만에 신약성서를 읽다가 이 구절에 눈이 머물렀다. 예수가 왜 이런 말을 했는지 예전부터 그 배경이 좀 궁금했다. 직접 물어볼 수도 없으니 우리는 짐작만 할 따름이다. 그래서 하는 짐작이지만 어쩌면 그 고향 나사렛 사람들은 어려서부터 그의 성장과정을 봐왔으니 랍비니 선지자니 심지어 메시아니 하는 사람들의 평가를 인정하지 않았을 것이다. 어쩌면 익히 알던 그의 일이라 고까웠는지도 모르겠다. 성서에 기록된 "이 사람은 마리아의 아들 목수가 아니냐." 하는 반응이 그것을 간접적으로 알려준다. "목수 따위가 무슨 선지자…" 그런 폄하가 있었을 것이다.

그런데 이런 현상은 실은 인간의 심성에 깃든 상당히 강력한 본질적 경향에 속한다. 남이 잘난/훌륭한 것을 액면 그대로 인정하기가 싫은 것이다. "니까짓 게…", "그까짓 게…",

"지까짓 게…" 하는 표현이 그 핵심을 알려준다. 나는 이런 심보를 '폄하주의' 혹은 '깎아내리기즘'이라 부르기도 한다. 이런 주의는 우리 사회에 의외로 깊이 박혀 있고 의외로 널리 퍼져 있다. 역사 속에서도 발견된다. 누군가가 정말 열심히 노력해서 어떤 성과를 올리더라도 "그까짓 거…" 하면서 깎아내리는 것이다. 좀처럼 알아주지 않는다.

저 중국의 공자도 이런 현상을 알고 있었고 그 대응의 도덕을 고민했던 것 같다. "인부지이불온 불역군자호"(人不知而不慍 亦不君子乎: 남이 알아주지 않아도 화나지 않으면 또한 군자가 아니냐)라는 논어의 기록이 그것을 알려준다. 남들이 알아주지 않으면 보통 속이 상하고 화도 나는 법이다. 그래도 화나지 않는 게 군자라는 게 공자의 생각이었다. 그러나 군자가 아닌 대부분의 사람들은 속상하고 화가 날 수 있다. 의욕이 꺾이기도 한다. '열심히 해봤자야…' 하는 마음이 들기도 한다. 노력을 접어버리기도 한다. 그러면 '더 이상'을 기대할 수가 없게 된다. 그래서 보통사람의 경우는 '알아줌', '인정', '평가'라는 것이 하나의 윤리로서 필요한 것이다. 잘함/훌륭함을 있는 그대로 평가해주는 것, 그것을 나는 '인정주의' 혹은 '알아주기즘' 혹은 '평가주의'라 부르기도 한다. 이 알아줌의 가치가 얼마나 크고 중요한지는 저 《사기》에 나오는 말 "사위지기자사"(士爲知己者死: 선비는 자기를 알아주는 사람을 위해서 죽는다)에서도 확인된다. 이 인정의

한 적극적 형태가 '칭찬'인데, 그 가치는 저 유명한 말 "칭찬은 고래도 춤추게 한다"는 것이 잘 알려준다.

상대방을(남을/누군가를) 깎아내린다고 상대적으로 자기가 올라가지는 않는다. 그런데 그렇게 착각하고 행동하는 사람이 의외로 많다. 내 주변에도 몇 사람 있다. 가만 보면 다들 아는 그 꼴불견을 본인만 모르고 있다. 내리는 것과 올리는 것(내려오는 것과 올라가는 것)은 오직 그 내용에, 그 성과에, 그 결과에 달려 있을 뿐이다. 진정한 훌륭함은 사람이 깎는다고 깎이는 것이 아니다.

그러나 그 어떤 훌륭함도 사람의 훌륭함인 이상 사람에게는 인정, 평가, 알아줌이 하나의 덕목이 된다. 공자나 예수 같은 위인들이야 그런 것에 아랑곳하지 않는다 해도 대부분의 '보통사람'들에게는 그것이 유효하다. 격려가 되고 용기가 되는 것이다.

우리 모두 주변을 한번 둘러보자. 실력에서나 인품에서나 두드러진 사람이 우리 사회에는 의외로 많이 있다. 매스컴에 오르내리는 이른바 유명인들뿐만이 아니다. 구석구석 숨겨진 사람들도 정말로 많다. 그런 사람들이 이 문제 많은 사회를 그나마 무너지지 않게 떠받쳐주고 있음을 우리는 알아야 한다. 그들의 노력과 성과를 알아주지 않으면 안 되는 것이다. 그 알아줌/인정이 무릇 훌륭함의 씨앗을 싹틔우고 자라게 하고 꽃을 피우고 열매를 맺게 한다.

그런데 깎아내리기스트 또한 우리 주변에 너무 많다. 요즘 사회문제가 되고 있는 이른바 악플러들도 그런 부류다. 악플은 그 대상의 인격을 전혀 고려하지 않고 짓뭉갠다는 점에서, 그리고 익명 뒤에 비겁하게 숨어 있다는 점에서 악의적-악질적-악마적이다. 그것은 상대에게 감당하기 힘든 상처를 주고 심지어 죽음으로 내몰기도 한다. 알아주기즘을 하나의 윤리로서 강조해야 할 필요가 바로 거기에 있다.

포기주의와 도전주의
(배고픈여우주의와 시시포스주의)

　인간이란, 인간의 삶이란, 너무나 복잡다양해서 그것을 논한다는 자체가 무모한 일인 듯이 보이기도 한다. 그러나 의외로 단순한 것이 인간이고 인생이기도 하다. 삶의 원점은 욕망이다. 무언가를 바라는 것이다. (나는 《인생의 구조》라는 책에서 그것을 논한 적이 있다. 그것은 욕구-욕심-희망-꿈-야망-대망-소원-대원 … 등등의 다양한 형태로 변주되면서 삶의 내용을 형성한다.) 이 욕망의 충족을 위해 애쓰는 것이 곧 인생이다. 욕망의 구체적인 내용도 인구의 수만큼이나 다양해 거의 무한에 가깝지만 간추려보면 그것도 의외로 단순하다. 엄마의 찌찌, 칭찬, 재미 등에서 비롯되어 이윽고 저 부귀공명(돈-지위-업적-명성)을 향해 나아가는 것이다. 인생 말년에는 대체로 건강이 그 자리를 차지한다. 그때그때 그게 성취되면 그게 행복인 것이고, 그게 좌절되면 그게 불행인 것이다.

그런데 이 욕망의 추구과정에는 두 가지의 대표적인 태도가 두드러진다. 하다가 잘 안 될 때다. 그럴 때 곧바로 그것을 접어버리는 사람이 있고, 힘에 부치더라도 덤비고 또 덤벼서 끝끝내 그것을 이루어내고야 마는 사람이 있는 것이다. 전자의 태도를 나는 '포기주의'라 부르고 후자의 태도를 '도전주의'라 부르기도 한다. '접어버리기즘'과 '덤벼보기즘'이라 불러도 좋다.

꼭 적절한 비유일지는 모르겠으나 저 이솝우화의 배고픈 여우가 전자의 상징, 저 그리스신화의 시시포스가 후자의 상징이 될 수도 있다.

인간세상이 애당초 그렇지만 우리 사회에도 이 양자가 혼재해 있다. 특히 무모해 보이는 거대한 목표에 도전하는 이들과 너무나 쉽게 꿈을 접어버리는 이들이 극명한 대조를 이룬다. 대표적인 도전주의자로 우리는 김구-안중근을 비롯한 저 일제강점기의 독립운동가들, 국가적 가난에 도전했던 박정희-이병철-정주영, 민주화에 도전했던 김대중-김영삼, 그리고 수많은 올림픽 메달리스트들 … 등등을 떠올린다. 지금의 BTS 등 한류스타들도 그럴 것이다. 그리고 그런 도전자들은 이 반도에 가득 차 있을 것이다. (예전 MBC의 '성공시대'에 소개된 인물들도 다 그런 사례다.) 그들이 이른바 한강의 기적을 가능케 했을 것이고 오늘날 국제사회에서 이만큼 행세하는 나라를 건설한 주역들일 것이다. 우리는 그런 이들을 자랑스러워하고 고마워하지 않으면 안 된다.

그런데 요즘 젊은 세대들을 보면 그런 도전정신을 찾아보기가 쉽지 않다. 안정적으로 인생을 살 수 있는 9급 공무원이 그들의 인생목표라는 보도도 있었다. 물론 그것도 하나의 도전이기는 하다. 아예 없는 것보다는 그나마 낫다. 그런데 우리는 이제 3포 세대니 5포 세대니, 아니 n포-다포 세대라는 말까지도 듣게 되었다. 연애도 결혼도 출산도 심지어 취직-'내 집'까지도 포기한 청년들이 이 사회의 커다란 부분을 차지하고 있다. 이런 현상을 나는 '포기주의'라 부르고 있다. 개인과 가정을 생각하더라도 이것은 문제고 국가사회를 생각하더라도 이것은 문제다.

이 '포기주의'는 분명히 하나의 '반가치'다. 그러나 단순히 생각할 절대적 '반가치'는 아니다. 저 배고픈 여우의 경우처럼 욕망의 포기가 소극적 행복을 위한 지혜가 될 수도 있고, 저 불교의 경우처럼 그것이 궁극의 해탈로 가기 위한 수행의 형태 내지 방편이 될 수도 있는 것이다. 또한 그것이 이것저것 다 포기한 저 청년들의 책임만도 아닌 것이다. 그들인들 꿈이, 욕망이 없겠는가. 문제는 그걸 제대로 품고 추구할 수 없게 만드는 사회적 구조인 것이다. 노력주의-실력주의를 무력화시키는 연줄주의-패거리주의를 비롯해서 이 책에서 지적되는 온갖 '반가치'들이 꽃다운 청년들을 포기주의자로 (패배주의자로) 만들고 사회의 뒷구석으로 내모는 것이다.

우리는 그런 사회적 반가치들에 대해 책임을 물을 필요가 있다. 개인의 의지가 도전의 필요충분조건은 아닌 것이다.

그리고 우리는 도전주의의 한 구체적—현실적 형태로, 무수한 구체적 악들의 제거에 도전하는 포퍼주의를, 이른바 '단편적 사회공학'을, 참고할 필요도 있다. "추상적 선의 실현을 목표 삼기보다 구체적 악의 제거를 위해 힘쓰라"고 포퍼는 말한다. 이런 목표에 대해서만은 모두가 도전주의자가 되어야 하며 끝끝내 포기주의를 용인해서는 안 될 것이다. 왜냐하면 거기에 우리 모두의 삶의 질이 걸려 있기 때문이다. 거기서 우리의 행복과 불행이 갈리기 때문이다. 포기에서 도전으로! 저 수많은 등 굽은 청년들에게 응원과 격려를 아끼지 말아야 한다. 그들에게 도전의 가능성을 열어주지 않으면 안 된다.

연줄주의와 실력주의

　　이른바 공직자 청문회 제도가 생겨난 후 우리는 적지 않은 공직 후보들이 낙마하는 사태를 지켜봤다. 여러 기막히는 사유들이 있지만 그중에 자녀의 부정한 인사청탁도 있어 세인들의 속을 긁어놓기도 했다. 자녀를 생각하는 부모의 심정이야 만인 공통의 본능이라 탓할 수야 없지만 청탁의 경우는 결국 다른 누군가의 자녀를 부당하게 밀어내는 것이니 정의에 반하는 것이다. 그런 부정에 이른바 연줄이 작용한다. 그건 잘 드러나지 않아 권력에 의한 청탁보다도 더 악질적이다. 그건 이 사회의 소문난 고질병이기도 하다. (물론 이것이 우리 사회에만 있는 것은 아니다. 중국에도 이른바 '꽌시'[关系]가 있고 일본에도 이른바 '코네'[コネ]가 있어 이게 뱀처럼 슬그머니 그리고 음흉하게 일에 끼어들기도 한다.) 인사를 비롯한 사회적 사안들에 대해 실력이나 자질보다 사적인 인연으로 결정하는 이런 경향 내지 태도를 나는 '연줄주의'라는 말로 부르고 있다.

이런 이른바 연줄주의가 (따뜻한 인정주의와 달리) 악질적인 것은 적어도 두 가지 점에서 명백한 피해를 주기 때문이다. 하나는 이미 말했듯이 그게 결과적으로 다른 누군가의 이익을 가로챈다는 것이고, 또 하나는 그게 결과적으로 개인은 물론 조직과 국가의 질적 저하를 초래한다는 점이다. 실력자가 제자리를 찾지 못하기 때문이다. 그 결과 우리 사회의 주요 자리에는 대부분 엉뚱한 엉덩이가 앉아 있다고 해도 과언이 아니다.

우리 사회에서 가장 대표적인 고질적 연줄은 이른바 학연, 지연, 이념, 종교다. 어느 학교 출신이냐, 고향이 어디냐, 진보냐 보수냐, 뭘 믿느냐, 그런 것들이 어마어마한 규모와 강도를 지닌 '패거리'를 형성하고 있다. 한때 세인들의 입에 오르내렸던 이른바 '고소영'(K대−S교회−Y지방)도 그런 것이다. 그런 패거리가 인사를 좌우한다. 주지하는 대로 '인사가 만사'인데, 그게 실력, 능력, 자질, 그런 것보다 연줄에 의한 정실로 결정되는 것이다. 내가 잘 아는 대학세계, 교수사회도 마찬가지다. 대학의 주요 (임명직) 보직들도 대부분 그런 인맥으로(친소관계로) 결정된다. 그래서 우리 사회에서는 어디에, 누구에게 '줄을 선다', '줄을 댄다'는 것이 인생 그 자체를 좌우하게 된다. 바로 그 때문에 저토록 치열한 대입전쟁을 치르는 것이고 특정지역 사람들은 고향을 등지는 것이고 대형교회가 미어터지는 것이고 계파를 기웃거리고 하는 현상들이 생겨나는 것이다. (부모, 집안, 실력자 …를 등에 업고, 즉 '백'으로 이득을 취하려는 '배경주의'도 연줄주의의 한 특수형태다.)

이성적–합리적으로 생각해보면 어떤 일이든 그 일에 가장 적합한 사람이, 가장 실력 있는 사람이, 열심히 노력하는 사람이, 그런 사람이 그 일을 맡고 그 자리에 앉는 것이 가장 좋다. 그게 그 사람 본인에게도 가장 좋고 또 그 일의 결과로 영향을 받게 될 모든 사람들에게도 가장 좋다. 그렇게 하는 게 개인에게도 조직에게도 국가에게도 질적 고양을 가져다준다. 그렇게 믿는, 그리고 노력으로 실력을 갖추고자 하는 그런 태도를 나는 '실력주의' 혹은 '노력주의'라 부르기도 한다.

합리적 사회에서는, 선진사회에서는 노력과 실력만이 정당성을 갖는다. 오직 그것이 그 사람에 대한 평가의 기준이 되지 않으면 안 된다. 그게 현실이 되어야만 모두가 노력을 하게 되고 실력을 갖게 되고 그 노력이 정당한 보상을 받게 되고 그래야만 다시 노력을 하게 되고 실력을 갖게 된다. 선순환이다. 지금 우리 사회는 그 반대의 악순환에 빠져 있다. 어떻게든 줄을 서고 줄을 잡으려는 요령만이 발달한다. 노력과 실력은 설 자리를 잃는다. 나는 그런 요령주의자에게 자리를 빼앗기고 좌절하고 노력을 포기하고 실의에 빠져버린 실력자들을 주변에서, 특히 대학사회에서 너무나 많이 보아왔다.

대전환이 시도되지 않으면 안 된다. 그 말고삐는 결국 관료와 정치인이 쥐고 있다. 교육과 언론은 이미 힘이 없다. 그래도 뭔가 하지 않으면 안 된다. 그것을 할 수 있는 줄이 있다면 그런 데는 나도 기꺼이 줄을 대고 줄을 설 용의가 있다. 정의의 줄, 선의 줄, 그런 줄이라면.

낙하산주의와 적임주의

나이가 들면서 점점 더 확고해지는 진리가 하나 있다. 너무나 유명한, 누구나에게 익숙한 저 "인사가 만사"라는 것이다. 이건 "2 + 2 = 4"나 "지구는 둥글다" 같은 것보다 더 진리다. 왜냐하면 인사는 인간사와 세상사에, 특히 그 질과 수준에 결정적인 요인으로 직접 작용하기 때문이다.

인사란 쉽게 말해 자리에 사람을 앉히는 일이다. 선거 같은 것도 결국은 인사의 한 방식이다. 그런데 인사가 중요한 것은 그 '자리'가 일과 연결돼 있고 그 일이 삶과 연결돼 있기 때문이다. 자리의 '어떤'이 삶의 '어떤'을 결정한다. 어떤 사람이 어떤 자리에 앉아 어떤 일을 하느냐에 따라 우리가 어떤 삶을 살게 되고 어떤 나라가 되느냐 하는 게 결정되기 때문이다. '장'(長)의 자리는 더욱 그렇다.

나는 순수 형이상학을 전공하였기에 그런 것에 상대적으로 좀 무심한 편이었으나 대학에 몸담고 있는 수많은 총장,

학장, 원장, 처장, 실장, 그리고 학회장 등을 겪으면서 '장'이라는 것이 얼마나 중요한 것인지를 절감하고 또 절감했다. 그 자리에 누가, 어떤 사람이 앉느냐에 따라 그 결과가 천양지차로 다른 것을 수도 없이 경험했기 때문이다.

그런데 우리 사회에는 이러한 진리의 중요성에 대한 자각이 별로 없다. 인사가 엉망진창 개판으로 이루어지는 경우가 많아도 너무 많다. 좀 과장하자면 중요한 자리에 대부분 엉뚱한 엉덩이가 앉아 있다고 해도 과언이 아니다. 꼭 그 자리에 앉아야 할 사람들은 이런저런 이유로 대부분 밀려난다. 그 결과가 언론에 단골로 보도되는 저 수많은 '부실'들이다.

그 부당한 인사의 상징이 바로 '낙하산'이다. (이것은 '연줄주의'의 한 특수형태다.) 실력자가 임의로 어떤 사람을 그 자리에 꽂아 넣는 것이다. 그 일에 대한 전문성보다 이러저런 인연과 이해관계가 기준으로 작용한다. 정치적인 배려도 있다. 정권교체 후에는 이런 낙하산 투하가 대규모로 이루어진다. 좌파정권도 우파정권도 마찬가지다. 심심치 않게 터지는 공공기관의 대형사고 때 TV에 나와 머리를 조아리는 그 기관장을 보고 우리는 깜짝깜짝 놀라곤 한다. "어? 저 사람이 왜 저기에…" 정권표 낙하산이었던 것이다. 그런 인사가 부실한 경영으로 연결되는 건 너무나 당연한 것이다.

이른바 '관피아'도 다 그런 것이다. 전직 고위관료들이 산하의 기업이나 기관의 주요 직책을 맡아 이동을 한다. 그건 우리 사회에 부지기수로 많다. 거기서 정경유착도 이루어지고 그 연줄로 검은 거래도 이루어진다. 밑에서 착실하게 일하며 전문성을 쌓아온 내부자는 밀려나고 인생의 좌절을 경험한다. 그의 전문성은 사장되고 만다. 그 낙하산의 밑에서 일을 계속한다 해도 그게 무슨 재미가 있겠는가.

노력과 실력보다 요령과 연줄로 중요한 자리를 차지하는 것도 다 마찬가지다. "세상이 원래 그런 거야", "요령이 실력이야"라고 시커먼 그들은 말하지만 그런 그들은 저 부실과 질적 저하가 아예 안중에 없다. 그래서 수많은 사람들이 세상의 부정함과 저급함을 한탄하는 것이다.

그런 한편에서 우직하게 인품과 실력을 보고 사람을 뽑는 이들도 있다. 그 자리에 꼭 알맞은 사람을 찾아 그 자리에 앉히는 것이다. 당장의 이해관계보다 오직 그 일의 '최선'을 기준으로 생각하는 것이다. 그들은 '전체'와 '멀리'를 내다본다. '정의'란, 결과적 선을 고려하는 그런 '온당함'을 가리킨다. 그런 정의로운 인사를, 제대로 된 사람을 자리에 앉히는 일을 나는 '적임주의'라는 말로 부르고 있다. 그럴 때 그 사람은 옥토에 심어진 씨앗처럼 꽃을 피우고 풍성한 열매를 맺는다. 그렇게 해서 많은 사람들이 그 결과를 나누어 먹게 된다.

자리란, 특히 '장'의 자리란 엄중한 것이다. 그건 그 한 사람의 탐욕과 출세를 위한 것이 아니고 그 기관 전체의, 그리고 그 기관과 얽힌 수천 수만의, 경우에 따라서는 수천만 수

억의 사람들의 삶을 위한 것이다. 그 '장'의 인사가 신중하고 정의롭고 현명한 것이어야 할 이유가 거기에 있다. 옥토에 꽂아 넣은 피는 피일 뿐이지 결코 벼가 될 수 없다. 그것은 벼의 몫을 빼앗을 뿐이다. 또 아무리 좋은 볍씨도 모래밭에서는 결국 말라죽게 되어 있다. "적임자를 적재적소에!" 인사가 만사다. 이 진리를 잊지 말아야 한다. 나라의 '고급'을 생각한다면. 아니 그 이전에 부실로 인한 저 끊임없는 대형참사들을 생각한다면.

함부로주의와 조심주의

　한국사회의, 아니 인간세상의 병폐 내지 문제를 이해하려
할 때 빠트릴 수 없는 키워드의 하나로 '함부로'라는 것이 있
다. 사안에 대해서, 그리고 사람에 대해서 함부로 생각하고
함부로 말하고 함부로 행동하고 함부로 대하는 것이다. '아무
렇게나', '막' 하는 것이다. 그런 태도, 행태, 경향이 무시 못
할 규모로 커지고 강력해서 언제부턴가 나는 이것을 '함부로
주의'라 부르고 있다. (사안에 대한 함부로주의, 사람에 대한
함부로주의 둘 다.) '아무렇게나주의'라 부르기도 한다.

　요즘 언론을 통해 너무나 자주 접하는 이른바 '갑질'사건
들도 그런 부류다. 성폭력-데이트폭력-가정폭력도 그 밑바
닥을 들여다보면 결국은 그런 함부로주의에서 비롯된 것이
다. 우리가 경험했던 저 제국주의의 침략행위도 기본적으로
는 이런 함부로주의에 뿌리를 내리고 있다. 실패에 실패를
거듭해온 우리의 교육정책들도 그렇고, 특히 오늘날의 대규

모 청년실업사태를 유발한 저 마구잡이식 대학설립도 그런 것이다. 바로 이 함부로주의 때문에 와우아파트와 삼풍백화점이 무너지기도 했고 성수대교가 주저앉기도 했다. 바로 이 함부로주의 때문에 윤일병은 상급자의 가래를 핥아먹었고 맞아죽었으며 저 김해 여고생도 일진 여중생들에게 맞아죽었다. 세월호의 침몰도 다를 바 없다. '함부로'라는 것은 이렇게 사람의 목숨까지도 좌우하는 무서운 악인 것이다.

함부로주의는 그 결과를 고려하지 않는다. 그 상대를 고려하지 않는다. 가장 큰 특징들이다. 신중과 조심이 없고 존중과 겸손이 없다. 함부로주의자에게는 '나'만 있고 '너' – '당신'이 없다.

'눈앞'만 있고 '원경'이 없다. 그들 속에 기세등등한 것은 야만성이고 조야함이다. 그것들은 '거칢'이라는 공통점을 지닌다. 운전도 함부로 한다. 그러다 사고를 내기도 한다. 음주운전은 말할 것도 없다. 말도 함부로 한다. 그래서 수많은 사람들의 가슴에 상처를 준다. 행동도 함부로 한다. 그러다 신세를 망치기도 한다. 그 모든 게 다 '함부로'다. 사람을 함부로 대하다가 오히려 본인이 큰 고난을 겪는 저 '갑질'사건들도 그 본질은 다 거기에 있다.

그래서 우리에게는, 인간에게는 조심과 신중과 존중과 겸손이 필요한 것이다. 그런 성향, 그런 노력을 나는 편의상 '조심주의'라 부르고 있다. '신중주의', 존중주의', '겸손주의'라 불러도 좋다. 이 세상에는 그런 조심주의자들도 의외로 많다. 그들이 이 세상의 건강을 유지하는 영양제의 역할을 묵묵히 수행한다. 그들의 머릿속 가슴속에는 결과에 대한 두려움이 있고 상대에 대한 두려움이 있다. 그래서 결과를 고려하고 상대를 배려하는 것이다. 이런 주의가 알게 모르게 사안과 사람의 '질'(quality)을 높여주고 유지해준다. 그들은 돌다리도 두드리고 건넌다. 그들은 꺼진 불도 다시 본다. 신중히 생각하고 결정을 내린다. 그들에게는 "사람이 곧 하늘이다." "인간은 인간에게 신이다." "내가 하나면 너도 하나다." "내가 남에게 대접받고자 하는 대로 남을 대한다." "내가 원하지 않는 바를 남에게 베풀지 않는다." 그것이 사람에 대한 사랑이 되기도 한다. 공자는 그것을 '인'(仁)이라 부르기도 했다.

'함부로'는 온갖 문제들을 야기한다. 온갖 '싸구려'를 양산한다. '함부로'는 이쪽도 저쪽도, 자기도 남도, 모두 '싸구려'로 만들어버린다. 그렇게 살다 보면 세상이 온통 쓰레기장이 되고 만다. 가장 우려할 사태는 '사람'을, 특히 사람의 '생명'을 함부로 대하는 것이다. 살인도 자살도 그런 것이다. 어떤 함부로주의자들은 나쁜 줄도 무서운 줄도 모르고 그런 짓을 저지른다.

요즘은 그런 행태가 자연까지도 지구까지도 그 외연을 넓혀가고 있다. 자연을 함부로 마구잡이로 건드리고 훼손한다.

여지없이 망가진다. 이대로 가면 미래가 위태로울 수도 있다. 그들은 알아야 한다. 지렁이도 밟으면 꿈틀한다는 것을. "모든 행동에는 대가가 따른다." 이제 우리 사회는 저 싸구려 함부로주의자들을 탄핵하고 묵묵히 이 혼탁한 세상에 산소를 공급하는 조용한 조심주의자들에게 권력의 칼을 넘겨주지 않으면 안 된다. 나는 호소한다. "만사에 신중하고 만인을 존중하라!" "'함부로'와 '아무렇게나'와 '마구'에 대해 옐로카드, 레드카드를 꺼내들자!"

외면주의와 관심주의

    사람에게는 온도가 있다. '그걸 모르는 사람이 어딨어? 대개 36.5도지.' 보통 그렇게 생각한다. 그런데 그런 물리적 온도 말고 정신적 온도라는 게 있다. 언어의 온도, 마음의 온도 그런 것이다. (나는 아주 예전에 '소리의 온도'를 강조한 적이 있다.) 그런 건 사람들이 의외로 잘 모른다. 실제로 어떤 사람은 따뜻하고 어떤 사람은 차갑다. '쌀쌀맞다'는 것도 그 한 양상이다. '냉혹하다'는 것도 그 한 양상이다. 사람은 뜨거웠다가 식기도 하고 뜨뜻미지근하다가 뜨겁게 달아오르기도 한다.

    그런 온도현상에서 나는 '사람에 대한 온도'를 특별히 주목한다. 그것은 윤리가 되기 때문이다. 사람이 사람을 대하는 것은 사람에 따라 다르다. 물론 상대방에 따라 다르기도 하지만 그 사람 자신이 애당초 따뜻하기도 하고 차갑기도 하다. 상대방에 상관없이 따뜻한 사람이 있고 차가운 사람이 있는 것이다. 그건 곤란한, 어려운, 딱한 처지의 사람들을 대할 때 명확히 드러난다. 그런 상대방은 비유하자면 추위에 떨고 있다. 그럴 때 그 사람에게, 그 사람의 추위에 대해 눈길을 주는 사람과 눈길을 돌리는 사람이 있는 것이다. 관심을 기울이는 사람과 외면하는 사람이 있는 것이다. 전자의 태도를 나는 '따뜻하기즘', '온정주의', '관심주의'라 부르기도 하고 후자의 태도를 나는 '차갑기즘', '냉담주의', '외면주의'라 부르기도 한다.

물론 사람이나 음식이나 애당초 따뜻한 체질 차가운 체질, 따뜻한 성질 차가운 성질이 있는 것처럼 선천적인 차이는 존재한다. 그럼에도 누구에게나 여름에는 차가운 것이 좋고 겨울에는 따뜻한 것이 좋은 것처럼 냉엄한 세상, 추위에 떠는 (어려운 처지의) 사람에게는 역시 따뜻한 게 필요하고 좋은 것이다. 그래서 "사람은 따뜻해야 한다"는 진리가 된다. 이것은 저 예수의 "사랑하라", 저 칸트의 "모든 인격을 … 수단이 아니라 목적으로 대하라", 저 레비나스의 "죽이지 말라" 저 요나스의 "… 파괴적이지 않도록 행위하라"와 마찬가지로 하나의 정언적[무조건적] 명령이 된다.

이러한 '따뜻하기'를 위해 꼭 거창하게 자선이나 봉사나 기부나 혹은 희생의 깃발을 들어야 한다는 말은 아니다. 물론 그렇게 할 수 있다면 더할 나위 없다. 하지만 그런 선행은 (그런 '적극적인 따뜻하기즘'은) 누구나가 쉽게 할 수 있는 것은 아니다. 그러나 그런 게 어렵더라도, 누구나가 할 수 있는 부분이 있다. 그건 따뜻한 표정, 따뜻한 말, 따뜻한 눈길-손길-발길, 그런 것이다. 눈길-손길-발길조차도 어렵다면 최소한 표정과 말 정도는 누구나 할 수 있다. 위로와 격려의 말, 사과와 감사의 말도 그런 부류다. "힘내", "괜찮아", "잘했어", "잘될 거야", "미안해", "고마워", 그런 것이다. 그것만 해도 도덕이 된다. 그런데 그것조차도 쉽지 않다면, 그렇다면 적어도 차갑지 않기, 냉담하지 않기, 쌀쌀맞지 않기, 무시하지 않기 정도는 할 수 있다. '소극적인 기여'인 것이다. 그것만 해도 따뜻하기즘으로 향하는 길닦기 정도는, 몸풀기 정도는 될 수 있다.

지구온난화가 전 세계적으로 문제를 일으키고 시대의 화두로 떠올랐지만 정작 그 지구에서 살고 있는 인간들은 반대로 냉각화의 길을 가고 있다. 아마도 욕망과 경쟁이 냉매 역할을 하고 있을 것이다.

세상의 추위 속에서 얼어 죽지 않을 마지막 보루는 역시 가족이다. 그 가족이 함께 사는 가정이다. 그곳은 찬바람 쌩쌩 부는 겨울왕국 같은 이 세상에서 그나마 언 손과 언 발과 언 몸을 녹일 수 있는, 그리고 무엇보다도 언 마음을 녹일 수 있는 온천 같은 곳이다. 일단 거기서부터 따뜻해지자. 그리고 그렇게 따뜻해진 몸과 마음으로 이웃을, 세상을 내다보자. 그리고 추운 누군가에게 따뜻한 표정으로 따뜻한 말을 건네자. 그리고 손을 잡아주자. 안아주자. 토닥여주자. 그렇게 따뜻한 체온이 전해진다면 어쨌거나 따뜻한 공간이 조금씩은 넓어질 것이다. 거기서 누군가는 따뜻한 숨을 쉴 수 있을 것이다. 그런 생각을 해보는 것부터가 이미 '따뜻하기즘'이다.

망각주의와 기억주의
(잊어버리기즘과 새겨두기즘)

　기억과 망각은 마치 배부름과 배고픔처럼, 마려움과 개운함처럼, 거의 인간의 생리현상에 속한다. 자연스러운 것이다. 누구나가 한평생 무수한 것들을 기억하고 무수한 것들을 망각하고 하면서 살아간다.

　기본적으로는 이게 뇌의 작용이다 보니 개인차가 있다. 누구는 잘 기억하고 누구는 잘 망각한다. (불경 성립에 큰 기여를 한 이른바 '다문제일' 아난다[阿難陀]는 특별한 기억력으로 소문나 있다. 물론 그런 건 미모나 건강처럼 천복에 속한다.) 한국사회에서는 이 기억력이 시험점수와 성적으로 연결되기 때문에 인생성패의 결정적 요인이 되기도 한다. 그러나 아무리 기억력이 뛰어난 사람도 노화를 당해낼 재간은 없다. 나이가 들어 뇌의 기능이 떨어지면 망각은 쉬워지고 기억은 어려워진다. 그러다 누군가에게는 치매가, 즉 기억의 리셋, 초기화가 찾아오기도 한다.

어쩔 수 없다. 그래서 기억력 향상이라든지 기억법이라든지 메모술이라든지 그런 게 관심거리가 되기도 한다. (한때 유행했던 '마인드맵 노트법' 같은 것도 그런 것이다.) 더러는 반대로 '망각'의 필요성이나 효용 같은 게 관심거리가 되기도 한다. (한때 화제가 됐던《망각의 기술》같은 것도 그런 부류다.)

다 좋다. 그런데 살다 보면 '삶의 질'을 위해서 절대로 잊지 말아야 할 것들, 애써 기억해야 할 것들이 있다. 좋았던 일들, 행복했던 일들, 그리고 누군가가 나에게 잘해주었던 일들도 그런 것이다. 그런데 그보다 더욱 잊지 말아야 할 것들이 있다. 그건 '나빴던 일들'이다. 특히 자신의 잘못으로 일을 그르친, 그리고 누군가에게 당했던 나쁜 일들이다. 이런 걸 잊지 말고 마음에 새겨두어야 하는 것은 그런 잘못을 다시 반복하지 않기 위해서이다. ('나쁜 일들'은 언제든 어디서든 반복될 준비가 되어 있다. 그건 악의 거의 본질이다.)

그런데 우리 사회에서는 이런 걸 너무 잘 잊어버린다. 새겨 교훈으로 삼지 않고 잊어버리는 이 망각이 너무 보편적이라 나는 그런 경향, 그런 현상을 '망각주의' 혹은 '잊어버리기즘'이라 부르기도 한다. 무엇보다 대표적인 사례는 저 임진년, 정유년, 경술년에 겪었던 일본의 침략이다. 그때 우리는 아무런 대비도 없는 상태에서 속수무책으로 일본에게 유린을 당했었다. 철저하게 짓밟혔다. 그야말로 끔찍한 대참사였다. 그게 얼마나 끔찍한 일이었는지는 저 일본 교토의 '이총'[사실은 코무덤]에 가보면 지금도 실감할 수 있다. 징용과 위안부 차출도 마찬가지다. 그런 치욕을 무려 세 번씩이나 당했으니 바보도 그런 바보가 없다. 비웃음을 사도 할 말이 없다.

뿐만 아니다. 저 끔찍했던 6·25 전란도 다 잊어버렸다. 불과 얼마 전에 있었던 이른바 IMF 국가부도 사태도 다 잊어버렸다. 와우아파트 붕괴, 대연각호텔 화재, 삼풍백화점 붕괴, 성수대교 붕괴 … 그런 것들도 다 잊어버렸다. 그리고 똑같은 참사가 계속 되풀이된다. (긴 말도 필요 없다. 이런 되풀이가 망각의 증거인 것이다.) 이런 어처구니없는 참사들은 지난 신문들을 들춰보면 한도 끝도 없이 찾아진다. 세월호 침몰 참사도 정치적 도구로서만 이용될 뿐 그 구조적 부실이라는 핵심은 이미 잊은 지 오래다. 그런 대규모 참사만 참사겠는가. 저 윤일병 구타 사망사고나 일진 여중생들에 의한 김해 여고생 살해사건, 최근의 음주운전으로 어이없이 죽은 윤창호 사건, 고양시 온수관 파열사건 … 등등도 사람의 생명을 앗아갔다. 당사자들과 가족들 입장에서는 조금도 덜 할 수 없는 대참사인 것이다. 그런 것들도 그 원인의 시정 없이 끊임없이 되풀이된다. 그런 게 망각주의, 잊어버리기즘이 아니고 무엇인가.

우리가 그런 것을 잊지 말고 기억해야 하는 이유는 너무나 명백하다. 그런 '잘못'을 되풀이하지 않기 위해서다. 그런 잘못을 고치기 위해서다. 그래서 기억주의, 새겨두기즘이 필요한 것이다. 몇몇 피해 당사자의 뇌리에 뿐만이 아니라 '사회적 뇌리'에, 즉 역사라는 하드디스크에 기억해 그 잘못을 끝없이 반추하고 끝없이 교훈으로 삼는 것을 나는 '기억주의' 또는 '새겨두기즘'이라고 부른다. 교육이 해야 할 일이 바로 그런 것이다. 부실―부정―부패를 포함한 악은 망각을 영양삼아 끝없이 성장한다. 그 번식력은 곰팡이나 세균이나 바퀴벌레에 못지않다. 그 영양의 보급선을 차단하지 않으면 안 된다. 잊지 말자. 그것이 바로 기억주의, 새겨두기즘이다.

배신주의와 의리주의

사회는 사람이 구성하는 것이고 따라서 그 사회의 질은 사람의 질에 따라 좌우된다. 사회의 질과 사람의 질은 함수관계에 있는 것이다. 한국사회도 당연히 그렇다. 고로 한국사회의 질을 고려한다면 한국사람의 질을 들여다보지 않으면 안 된다. 그 질의 문제 중에 이른바 의리와 배신이라는 것이 있다.

한때 배우 김보성이 '의리'라는 말을 유행시켰다. 사회적 신드롬이라고 할 만큼 대중들은 "으~리~!"라는 그 말에 호응했다. 물론 사람들의 그 호응이 그 진정한 내용에 대한 공감인지 그냥 재미인지는 분명치 않다. 그러나 어쨌거나 나는 그 현상이 그냥 우연만은 아니라고 생각하는 편이다. 그 배경에는 이른바 배신주의가 있다. 배신이라는 어두운 밤하늘이 있기에 의리라는 별 하나가 밝게 반짝였던 것이다.

무릇 배신이란 무엇인가. 그건 믿음, 신뢰, 은혜를 저버리는 것이다. 특히 상대방에게 큰 도움을 받았음에도 그 보답은커녕 도리어 그 사람에게 손해, 피해를 주는 행위다. 그래도 별 상관없다는 태도, 사고방식이다. 그것을 나는 '배신주의', '유다이즘', '브루투스이즘'이라 부르기도 한다. 그 극단의 형태가 '등에칼꽂기즘'이다. 은혜를 베푼 그 사람을 죽음으로 (내지 그런 상황으로) 내모는 경우다.

이런 배신주의가 우리 사회에는 팽배해 있다. 배신자들은 그 배신행위에 대한 가책이 없다. 가책은커녕 그것이 배신이라는 의식조차도 없다. 나는 긴 세월 동안 주변에서 그런 자들을 너무나 많이 보아왔다. 그건 대개 그 관계 자체가 이해관계로, 욕망—욕심으로 형성된 것이기 때문이다. 부버가 말하는 '나—너' 관계, 내가 말하는 "일대일의 관계, 100% 대 100%의 관계, 인격과 인격으로 맺어지는 관계, 정면으로 마주보는 관계 …"가 아니기 때문이다. 그러니까 그 관계가 끝났을 때, 그러니까 그 상대방이 더 이상 자기에게 어떤 이득을 줄 수 없게 되었을 때, 그들은 너무나 쉽게 그 상대방을 등지고, 버리고, 떠나고, 흉보고, 욕하고, 비난하고, 심지어 궁지로 몰고, 죽이기도 하는 것이다. 이런 일들이 주변에 비일비재 얼마든지 있고 특히 정치판에서는 일상다반사처럼 행해진다. 누구든 이 말을 듣는 그 순간에 바로 떠오르는 몇몇 이름들이 있을 것이다. 핑계 없는 무덤이 없다고 그들에게도 다 변명은 있다. 그런 사람들일수록 잔머리가 비상해

온갖 논리로 정당성과 불가피성을 꾸며댄다. 그렇다고 배신이 배신 아닌 것이 되지는 않는다. 사람들이 그 해괴한 논리에 넘어가지도 않는다. 물론 맞장구치는 사람도 없지는 않다. 그런 사람들은 어차피 같은 부류다. "덕불고 필유린"(德不孤 必有隣)이라고 공자는 말했지만 "악불고 필유린"(惡不孤 必有隣)도 또한 진리다. 나쁜 자들은 나쁜 자들끼리 서로 통한다. 그런 자들끼리 무리 짓고 패거리를 이루고, 세력을 형성한다. 그래서 여전히 세상에서 행세한다. (일제강점기의 민족 배신자인 '친일파'도 그랬다.)

그런 한편으로 끝끝내 '의리'를 지키는 사람들이 있다. 이미 이해관계가 끝나고 상대방이 날개가 꺾였음에도 그 곁을 지키는 사람들이 있다. 심지어 그 상대방을 돌봐주기도 한다. 관계 자체, 사람 자체를 가치로 삼는 그런 태도를 우리는 '의리주의'라 불러도 좋다. (이른바 조폭들의 의리는 '악'에 기반을 두고 있기에 진정한 의리라 할 수 없다. '인'에 의거한 '의'만이 진정한 의다.) 우리 사회에는 그런 의리주의자들도 적지 않다. 그런 사람들이 우리 사회를 아름답게 한다. 이미 한참 전에 끝난 관계인 옛 스승을 잊지 않고 찾아보는 이른바 'TV는 사랑을 싣고'식 관계도 일종의 그런 의리주의일 것이다. 잊지 않는 것만 해도, 떠나지 않고 버리지 않는 것만 해도, 고마워하는 것만 해도 이미 의리주의다.

우리가 의리를 지켜야 할 상대는 의외로 많다. 혼자서, 자기의 능력만으로 인간사–세상사를 헤쳐갈 수 있는 사람은 많지 않기 때문이다. 누군가의 도움으로 우리 인간은 살아나가기 때문이다. 부모님, 선생님도 그렇다. 그런 상대는 상사 중에도 있고 기관장 중에도 있고, 지도자 중에도 있고, 혹은 국가도 국제기구도 있다. 사람에 따라 의견이 다를 수도 있겠지만 그 대상에는 고인이 된 전직 대통령도 있고 미국을 비롯한 과거의 원조국–참전국들도 있다. 그들의 덕분에 오늘날의 이만한 대한민국이 있다. 그들을 배신하느냐, 혹은 의리를 지키느냐, 그것도 또한 우리의 선택이다. 그 선택에 따라 우리 또한 배신주의자가 될 수도 있고 의리주의자가 될 수도 있다. 고마움을 잊지 않는 한국인이 되었으면 좋겠다. 국제사회가 그렇게 평가하는, 그런 이미지의 대한민국이 되었으면 좋겠다.

차별주의와 포용주의
(따돌리기즘과 아우르기즘)

우연한 기회에 탈북자 한 분과 알게 되어 이런저런 이야기를 나누었다. 나는 각종 매체에서 탈북하신 분들이 활동하는 걸 보면 마치 '작은 통일'이라도 이루어진 것 같아 감동을 하는 편이다. 이북 사투리도 반갑기 그지없다. 그런데 내가 만난 그분의 말씀 중에 탈북자 자녀들이 학교생활에 적지 않은 고충을 겪는다는 이야기가 있어 마음이 무거웠다. 단순한 학력의 문제가 아니었다. 이른바 '따'의 대상이 된다는 것이다. 아이들의 충격이 작지 않다고 했다. "환영과 위로, 격려와 지원은 못해줄망정…." 그분에게 뭔가 괜히 미안하고 부끄러웠다. 그 이야기에서 나는 우리 사회의 그늘에 은근히 숨어 서식하는 곰팡이 같은 차별주의를 느꼈다. '나', '우리'와 다른 사람을 용납하지 않고 비하하는 야만성이 적지 않은 사람들에게 존재하는 것이다. (학교사회의 고질병인 이른바 '왕따' 현상도 그런 부류다.)

어린 시절의 이야기다. 동네 이웃에 화교가 운영하는 중국집이 있었다. 그 집에 N이라는 또래 친구가 있었다. 철없던 때라 놀다가 싸움이 붙은 적이 있었다. 둘 다 코피가 터졌던가? N의 아버지에게 불려갔다. 혼이 날 거라 잔뜩 쫄았었는데 뜻밖에 짜장면을 내어주시며 사이좋게 지내라고 타일렀다. 꼭 짜장면 때문은 아니지만 바로 화해하고 그 후 더욱 친한 친구가 되었다. 그런데 동네 꼬마들은 걸핏하면 N을 보고 "야, 뙤놈", "짱깨" 하며 재미있다는 듯 놀려댔다. 그때 N의 얼굴에 스쳐갔던 그 수치스런 표정을 잊을 수가 없다. 서울에 있는 중학교로 진학하면서 나는 고향을 떠났고 그 친구와의 관계는 멀어졌다. 그는 후에 타이베이로 가 명문대학에 진학했다는 소식을 바람결에 들었다. 나는 지금도 그가 왜 놀림의 대상이 되어야 했는지를 이해할 수 없다. '다름'은 못남이나 나쁨이 아닌 것이다.

직장 근처에 가끔씩 가는 일식집이 있다. 그 집 여주인은 일본인이다. 나도 일본에서 10년 세월을 살았던 터라 이런저런 이야기를 나눈다. 그런데 그분 역시 자녀들로 인한 고충을 토로했다. 아이들은 엄연한 한국인이건만 엄마가 일본인이라는 게 알려지면서 "왜놈", "쪽바리"라며 놀림을 받는다는 것이다. 그분은 아이들을 일본으로 진학시켰다. 거기서는 어쩌면 "초센징"이라며 차별을 받을지도 모르겠다. 우리는 일본의 식민통치기간 동안 당했던 그 수치스럽고 굴욕적이고 부당한 차별을 기억한다. 지금도 60만 재일동포들이 알게 모르게 은근한 혹은 노골적인 (심지어 혐한이라는) 차별의 대상이 되고 있다. 누구보다 그 야만성을 잘 알고 있는 우리가 아니던가.

지금 우리 사회도 누구나 다 아는 다문화사회로 진입했다. 중국, 베트남, 필리핀 … 출신의 이웃들이 적지 않게 있다. 공장에는 네팔이나 이란 등등의 외국 출신들도 많다. 어쨌든 여기가 좋다고 찾아온 손님들이다. 더욱이 그들 없이는 공장이 돌아갈 수도 없다고 한다. 그런데 우리는 그들을 어떻게 대하고 있는가. 그들도 다 나름의 방식으로 한국사회에 기여하고 있다. 차별은 터무니없는 야만이다. 우리 자신이 일본으로부터 당했던 저 터무니없는, 야만적인, 굴욕적이고 수치스러운 차별을 기억하지 않으면 안 된다.

사람은 누구나 다 존귀하다. '다름'은 결코 차별과 배제의 근거가 될 수 없다. '가난'도 그 이유가 되지는 않는다. 문화적 차이가 있으므로 완전한 동등은 불가능할 수도 있겠으나 '인정'과 '존중'은 기본적으로 지켜지지 않으면 안 된다. 인간의 관계는 '일대일', '100% 대 100%'가 되지 않으면 안 된다. 정면으로 바라보는 (삐딱하게 보거나 내려다보지 않는) 관계가 되지 않으면 안 된다. 악이나 죄가 아니고서는 어떤 인간도 차별과 배제의 대상이 되어서는 안 된다. 장애인도 그렇다. 그게 기독교의 정신이기도 하고 현대 프랑스철학의 정신이기도 하다. 모두가 같고 존중받아야 한다는 그런 정신을 나는 포용주의, 융화주의, 아우르기즘이라 부르기도 한다. 프랑스의 저 유명한 '톨레랑스'도 그 한 형태다.

예전 독일 프라이부르크에서 살고 있을 때, 길거리를 걸어가다가 스킨헤드의 한 네오나치 청년이 다가와 다짜고짜 "아우스랜더 라우스!"(외국인 꺼져!)라 소리 지르는 봉변을 당한 적이 있었다. 당황스럽고 불쾌하기 짝이 없었다. 그가 얼마나 못나고 시시하고 야만적인지를 그 한순간에 온몸으로 느꼈더랬다. 그런 저급한 정신이 저 흑인노예사냥을 저지르고 저 아우슈비츠 대학살을 저지르고 저 난징대학살을 저질렀음을 우리는 절대 망각하지 말아야 한다. (수년 전 중국 난징을 방문했을 때 대학살 기념관을 찾았었다. 그 끔찍한 현장이 고스란히 보존되어 있었다. 거기엔 당시 일본신문의 한 면이 게시되어 있었다. 톱기사의 제목이 "100인 베기 시합에서 ○○ 소위 승리!"라는 것이었다. 두 일본군 장교가 꿇어앉힌 중국인의 목을 일본도로 치는 사진이 대문짝만하게 실려 있었다. 몸서리가 쳐졌다.)

잊지 말자. 차별은 곧 야만이라는 것을. 말과 행동으로 사람의 가슴을 찌르는 폭력행위라는 것을.

편향주의와 균형주의
(치우치기즘과 가누기즘)

사람들이 알고 있는지 어떤지 잘 모르겠다. 우리 사회에는 아주 특이한 현상이 한 가지 있다. 사람들이 대개 어느 한쪽에 속해 있고 또 어느 한쪽에 속하기를 강요한다는 [그래서 강요받는다는] 현상이다. 아주 강하다. 작가 김훈의 에세이집 《너는 어느 쪽이냐고 묻는 말들에 대하여》는 이런 현상을 상징한다. 정치적 입장이 대표적이다. 좌파-우파, 보수-진보, 그런 단어 자체가 우리의 삶에 너무나도 가까이 있다. 누구는 이쪽 누구는 저쪽, 그렇게 분류되고 어느 쪽인가에 속하지 않으면 곤란 혹은 불리를 겪게 된다. 또는 그렇게 속함으로써 누군가는 여러 형태의 이득을 챙기기도 한다. 반대로 핍박을 당하기도 한다.

그렇게 어느 한쪽에 속하여 있거나, 속하려 하거나, 속하게 하거나 하는 정신적 경향을, 특히 그렇게 함으로써 '저쪽'을 무조건 무시하거나 폄하하거나 적대시하는 경향을 나는 편향주의, 기울기즘, 치우치기즘이라 부르기도 한다. 이런 태도가 적지 않은, 그리고 작지 않은 문제들을 초래한다. 대표적으로 '편가르기'다. 그리고 '끼리끼리 나눠먹기'다. 그리고 '다리 걸기'다. 그것은 필연적으로 갈등, 대립, 투쟁을, 혹은 차별과 배제를, 그리고 온갖 비효율을 야기한다. 이것을 적극적으로 해석한 것이 '계급', '단결', '타도'를 강조한 마르크스주의이고 이것을 극복하고자 노력한 것이 '타자'를 강조한 레비스트로스, 푸코, 데리다 등의 현대 프랑스철학이었다.

물론 인간이라는 게, 인간의 삶이라는 게, 애당초 어떤 선천적-후천적[즉 사회적] 조건 속에 놓여 있는 것인 이상, '속함'은 불가피하다. 동서, 남북, 상하, 좌우, 혹은 남녀, 노소, 어느 쪽인가에 이미 속하여 있다. 그런 소속은 '이익' 내지 '이해관계'와 근본적으로 얽혀 있다. 소속은 이해와 함수관계 내지 상관관계에 있는 것이다. 특히 그 밑바탕엔 각각 나름대로의 가치관이 깔려 있다. 어느 한쪽의 절대적인 선악을 단정하기 어려운 것도 그 때문이다. 그 어느 쪽도 양면이 있다. 그래서 우리는 이쪽이든 저쪽이든 그 '속함'을 탓할 수는 없다. 속함 그 자체를 악이라고 할 수는 없는 것이다.

문제는 그 치우침이다. 기울기다. 독선이다. 특히 저쪽에 대한 태도가 문제다. 무조건적인 적대, 배제, 공격이 문제인 것이다. (이른바 블랙리스트니 화이트리스트니 하는 것도 그런 문제다. 배제 혹은 나눠먹기를 위한 것이다.) 그래서 우리는 '균형'을 생각하지 않으면 안 된다. 실제로 그런 균형감각을 지니고 있는, 그리고 그런 균형을 가치로 삼는 적지 않은 사람들이 있다. 어느 한쪽만이 절대선은 아니라는, '저쪽'에도 귀기울여볼 필요가 있다는, 취할 바가 있다는 그런 태도를 나는 '균형주의' 혹은 '가누기즘'이라 부르기도 한다. 그런 태도, 그런 사람이 인간사, 세상사의 균형을 잡아간다. 반드시 필요하다.

그런 균형주의자, 가누기스트가 반드시 구체적인 개인인 것만은 아니다. 그런 집단도 있고, 무엇보다 한 사회에는 '보이지 않는 균형추'도 존재한다. 그런 건, 성격상으로 보자면 헤겔의 이른바 '시대정신' 같은 것과도 유사하다. 일종의 '보이지 않는 손', 그런 것이다. 이른바 '여론'도 일종의 그런 것이 될 수 있다. 그런 보이지 않는 균형추가 선거 같은 데서도 작용한다. 그래서 정권도 이쪽에서 저쪽으로, 저쪽에서 이쪽으로 이동시키는 것이다. 그것이 기울기를 잡아준다. 묘한 조화다. 그런 조화가 결국 아름다운 인간관계를, 아름다운 사회를, 아름다운 세상을 만들어간다. "드러난 조화보다도 드러나 있지 않은 조화 쪽이 더 뛰어나다"고 설파한 헤라클레이토스는 아마도 그런 보이지 않는 균형추를 보고 있었던 건지도 모르겠다.

명심해두자. 우리의 삶이란 저 외줄타기와 유사하다는 것을. 어느 한쪽으로 치우쳐서는 그 줄에서, 즉 삶에서 떨어지고 만다는 것을. 균형이 우리를 저 줄 끝까지 건너가게 한다는 것을. 외줄타기 곡예사의 손부채 같은 그런 균형추가 우리에게는 반드시 필요하다는 것을.

방심주의와 대비주의

세월 속에서 확보된 하나의 경험적–귀납적 진리가 있다. 인간사–세상사는 '문제'들로 점철된다는 것이다. '문제'에는 질병, 낙방, 실업, 실패 … 등등 이런저런 개인적 어려움은 말할 것도 없고, 사회적인 사건–사고들도 당연히 포함된다. 그중에는 홍수, 태풍, 지진 등 자연재해 같은 것들도 있고, 화재, 붕괴, 침몰 같은 초대형 사고도 있고, 국가부도나 대량 실업 같은 재난적 사태도 있고, 침략이나 전쟁 같은 역사적 사건도 있다. 이런 사건 사고들은 크고 작은 피해를 야기한다. 경우에 따라서는 국가의 존망과 관련되기도 한다. 그 개인적–사회적 불행의 크기는 실로 엄청나다.

그런데 이와 관련된 또 하나의 경험적–귀납적 진리가 있다. 대체로 '방심'이 이러한 문제들을 키우고, '대비'가 이러한 문제들을 예방 혹은 감소시킨다는 것이다. 어느 쪽이 선이고 어느 쪽이 악인지는 물어볼 필요도 없다. 명약관화하다.

그 정도쯤이야 누구나가 다 알고 있다. 그런데 참 이상하다. 알면서도 우리 사회에는 두 손 놓고 있다가 당하는 사람들이 너무나 많다. 내다보는 눈, 들어주는 귀, 조심하는 마음, 그런 것이 없다. 적지 않은 사람들이 예견되는—다가올 '문제'들을 지적하지만, 역시 너무나도 많은 사람들이 너무나도 쉽게 "설마…", "괜찮아"를 용인한다. 그 '설마' 속에 숨어버리는 것이다. 바로 그 '설마'가 사람 잡는 줄도 모르고. 다가올 부정적 사태를 별로 걱정하지 않는, 신경 쓰지 않는, 대수롭게 여기지 않는 그런 태도, 그런 경향을 나는 '방심주의', '두손놓기즘', '뒷짐지기즘', '괜찮아주의'라고 부르기도 한다.

너무나 유명한 이야기지만 조선시대 선조 때, 왜의 침략은 어느 정도 예견된 일이었다. 그래서 조정은 사신을 보내 그 사정을 알아보게 했다. 황윤길은 그 가능성과 위험을 보고했고 반면 김성일은 히데요시를 깔보고 그 가능성을 일축했다. "그러한 정황은 발견하지 못하였는데 황윤길이 장황하게 아뢰어 인심이 동요되게 하니 사의에 매우 어긋납니다." "그의 눈은 쥐와 같아 마땅히 두려워할 위인이 못 됩니다."라는 그의 말은 지금도 비판의 대상이 되고 있다. 그런 방심주의가 임진왜란이라는 엄청난 재앙을 초래한 것이다. (물론 여기엔 동인 서인의 '파당주의'도 한몫 했다. 알면서도 당파가 다른 황윤길과 같은 말은 하기가 싫었던 것이다. 유성룡도 같은 동인인 김성일을 편들었었다.)

반면 황윤길의 대비주의는 일축 혹은 묵살되었다. 율곡 이이의 이른바 '십만양병설'도 유명하다. 그것도 대비주의였다. 그것도 제대로 들어주는 귀를 만나지 못했다. 그런 방심의 결과로 우리가 겪었던 재난은 너무나 많다. 많아도 너무너무 많다. 병자호란도, 경술국치도, 6·25 전란도, IMF 국가부도사태도, 다 그런 방심, 설마, 괜찮아, 무대비에서 비롯된 것이었다. 해마다 겪는 홍수나 태풍이나 화재의 피해는 말할 것도 없고, 지금의 미세먼지도 결국은 그런 방심의 결과다.

그러나 다가올 문제를 예견하고 걱정하고 대책을 준비하는 사람들, 대비주의자, 유비무환주의자도 의외로 적지 않다. 다만 그들은 잘 드러나지 않는다. 그런 드러나지 않는 대비주의자들이 그나마 문제를 예방하고 줄이고 있다. 이런 경우는 그 '문제'가 드러나지 않았기 때문에 대비의 공도 잘 드러나지 않는다. '선'의 특징이 대개 그렇다. (노자의 '상선약수', '공수신퇴'가 바로 그런 것이다.)

2018년 현재 예견되는 문제들은 하나둘이 아니다. 환경재앙도 그중 하나고, 인구감소와 그에 따른 생산력 감소도 그중 하나고, 초고령화에 따른 사회적 비용의 증가도 그중 하나고, 수도권-도시 집중에 따른 지방-농촌의 붕괴도 그중 하나고, G2의 무역장벽에 따른 수출 감소도 그중 하나고, 수

험생 감소에 따른 대학의 붕괴도 그중 하나고, 대학원기피-강사해고에 따른 기초학문-학문후속세대의 붕괴도 그중 하나고, 시청률 본위로 인한 방송의 저질화도 그중 하나고, 의료상업주의로 인한 외과의사의 부재도 그중 하나고, 중국의 부상으로 인한 반도체산업-자동차산업-조선산업의 몰락도 그중 하나고, 중국-일본과의 불화로 인한 외교적 고립도 그중 하나고 … 하여간 한도 끝도 없다. 이런 엄청난 문제들을 코앞에 두고도 지금 우리는 여전히 "설마…" 하며 뒷짐을 지고 있다. 방심주의가 여전히 대세다. 대비주의자의 입지는 좁다. 대부분 '당장의 돈'이 대비주의를 무력화시킨다.

10년 후, 100년 후를 내다보며 대비하지 않으면 안 된다. 대비주의가 기본적인 가치로서 사람들의 가슴속에 자리 잡지 않으면 안 된다. 지진이나 태풍이 상대적으로 적다고 해서 다른 문제도 적은 것은 결코 아니기 때문이다. 기억해두자. '설마' 하는 방심이 사람 잡는다. 그리고 대비가 재난을 예방하고 줄여준다.

막-대하기즘과 잘-대하기즘
(불친절주의와 친절주의)

살아보니 그랬다. 삶의 핵심은 인간관계였다. 그것이 삶의 질을 결정한다. 그 관계가 좋은 것이기 위해 윤리가 있다. 윤리의 핵심은 사람이 사람을 어떻게 생각하고 어떻게 대하느냐 하는 것이다. 좋게 대하는 사람이 있고 나쁘게 대하는 사람이 있다. 실제로 있다. 그 '좋게 대함', '나쁘게 대함'의 구체적인 양상 중에 친절과 불친절이 있다.

다른 누군가에게 상냥하게 대하며 도움을 주는 것, 그러려고 생각하는 것, 그런 것이 좋다고 생각하는 것, 그런 생각과 태도를 나는 '친절주의' 또는 '상냥주의', '선대주의', '환대주의', '잘-대하기즘' 등으로 부르기도 한다. 반대로 다른 누군가에게 퉁명스럽게 거칠게 불손하게 냉담하게 쌀쌀맞게 아무렇게나 함부로 막 대하며 그 존재를, 그 처지를 대수롭지 않게 생각하는 것, 그래도 별 상관없다는 것, 그런 무신경을 나는 불친절주의, 퉁명주의, 무신경주의, 막-대하기즘 등으로 부르기도 한다.

그런 불친절주의가 우리 사회의 저변에 아직도 비교적 광범위하게 잡초처럼 곰팡이처럼 바퀴벌레처럼 서식하고 있다. (요즘 해외여행을 하는 사람들이 엄청나게 많은데 특히 일본여행을 하고 돌아온 사람들이 저들의 친절에 감동하고 칭찬하는 것을 들을 때가 많다. 도쿄에서 10년 세월을 살며 누구보다 그걸 잘 아는 나는 그럴 때마다 여간 속상하는 것이 아니다. 내가 지향하는 '고급국가'를 위해서는 일본을 능가하는 친절사회를 우선 만들지 않으면 안 된다.)

언젠가 부산에 갔다가 두통이 좀 심해 약국에 들어가 두통약을 부탁했다. 그런데 내준 약 A가 처음 들어보는 것인데다 좀 사정이 있어 다른 걸 달라 했더니 B를 내줬는데 그건 내게 부작용이 있어 내가 아는 C를 부탁했다. 그랬더니 그 약사가 버럭 화를 내면서 "첨부터 그래 말하든지, 이것도 아이고 저것도 아이고. 마, 치아뿌소!" 하고 다 치워버리는 것이었다. '그래도 손님인데…' 당황스럽고 황당하고 수치스럽고 머리는 아프고 … 불쾌한 마음으로 그 약국을 나오며 그 불친절에 고개를 절레절레 흔들었다. 그런 일들이 허다하다. 이미 소문나 있지만 외국인 관광객에 대한 불친절은 유명하고 그들에게 요금을 바가지 씌우는 일은 불친절의 극치에 해당한다. (그런 자들은 국가의 이미지를 훼손한다는 점에서 국적에 해당한다고 해도 과언이 아니다. 그런 불친절을 당한 관광객은 다시는 이 나라를 찾지 않는다.)

누구나가 한번쯤은 그런 황당하고 불쾌한 불친절을 경험한 적이 있을 것이다. 관공서에서 가게에서 식당에서 택시에서 … 제대로 인사도 하지 않고 굳은 혹은 뚱한 표정으로 손님인 '나'를 대하는 것을. 그런 불친절은 우리의 생활의 질을 엄청나게 떨어뜨린다. 국격도 떨어뜨린다. 내가 교양 인생론 강의에서 언제나 강조하는 바이지만 우리가 '어떤' 사람이 되는가 하는 것은 '어떤' 대접을 받는가 하는 것에 의해 결정적으로 좌우된다. 영화《마이 페어 레이디》에서 거리의 꽃 파는 처녀였던 주인공 일라이자(오드리 헵번 분)가 6개월의 특훈 끝에 왕실 무도회에서 공주 취급을 받는 대성공을 거두게 되는데, 그녀는 그게 히긴즈 교수의 특훈보다 처음부터 그녀를 숙녀로 대해준 피커링 대령의 인품 덕이었다고 말한다. 그렇게 대접받았기에 그렇게 될 수 있었다는 말이다. '대함'의 '어떻게'가 그토록 중요한 것이다. 그래서 '친절'도 중요한 것이다. 누군가의 친절이 또 다른 친절한 사람을 만들고 그게 보편적 가치가 되면서 이윽고 친절한 사회를 만든다.

친절과 불친절은 물론 가르침–교육, 훈련, 습관의 결과이겠지만 그 갈림길은 '자기'에 대한 그리고 '타인'에 대한 가치평가다. 자기에 대한 오만과 타인에 대한 무시가 불친절을 야기하고 자기에 대한 겸손과 타인에 대한 존중–배려가 친절을 야기한다. '다른 사람'의 위상, 그/그녀/그들을 어떤 존재로 인식하고 어디에 위치시키느냐 하는 데 따라 나의 태도가 달라지는 것이다. 상대방이 나보다 높다는 인식이 있다면 함부로 불친절을 자행할 수 없다. 그래서 우리 사회에서는 '손님의 철학'이 강조되지 않으면 안 된다. 모든 관계, 특히 경제적 관계의 상대방은 기본적으로 다 '손님'이다. 손님은 왕이고 하늘 같은 존재다. '대접'의 대상이다. 잘 대해드려야 할 분이다. '놈'이 아닌 '분'인 것이다. 많든 적든 그들의 돈이 나의 삶을 가능하게 한다는 감사가 그 '대함'에 전제되지 않으면 안 된다. 거기서 '친절'이 자연스럽게 우러나와야 한다.

우리 모두는 잠정적인 손님이다. 친절한 대접을 받을 자격이 있고 권리가 있다. 친절에 대한 칭찬-격려와 불친절에 대한 비판-추방, 그런 사회적 운동이 전개되기를 기대한다.

남탓주의와 내탓주의
(전가주의와 책임주의)

오늘도 마스크를 끼고 출근했다. 하늘엔 희뿌연 미세먼지가 가득하다. 이 더러운 공기가 어느새 일상이 되고 말았다. 이건 '문제'다. 문제도 보통 문제가 아니다. 소리 없는 살인자라는 평가도 있다. 누군가가 이 문제를 야기했을 것이다. 자동차, 공장, 발전소 … 등등. 그런데 그 누구도 이 문제를 문제로 인식하고 인정하고 책임지는 자가 없다. 그저 막연히 '중국 탓'만 하고 있다. 국내 발생 부분에 대해서는 말할 것도 없지만 중국에 대해서도 해야 할 일이 있는데 그 일을 하지 않거나 하지 못한 자도 있을 것이다. 그것도 명백한 잘못이다. 그런데 그 잘못을 인정하고 책임지는 자도 없다. 모두가 보이지 않는 누군가를 막연히 지칭하며 "네 탓이다"라고만 하고 있다.

어디 이 문제뿐만인가. 우리 사회는 수많은 문제들로 가득차 있다. 사건 사고를 비롯한 문제들은 끊임없이 발생하고 또 발생한다. 분명히 누군가가 그 문제를 일으켰을 텐데 "내 탓이요" 하며 인정하고 책임지는 경우는 참으로 드물다. 교육과 정치의 경우는 특히 그렇다. 잘못과 책임을 인정하지 않고 남에게 돌리는 이런 사고방식, 정신상태, 태도, 경향을 나는 '네탓주의' 또는 '남탓주의' 또는 '전가주의'라 부르고 있다. 우리 사회에 마치 상식처럼 만연해 있다.

교통사고를 일으키고도 우선은 소리부터 지르며 '네 탓'을 한다. 선량한 피해자가 되레 가해자로 둔갑하는 경우도 있다. 이것도 네탓주의다. 회사에서 발생한 손해도 많은 경우 애꿎은 부하나 하청업체에 책임을 뒤집어씌운다. 이것도 네탓주의다. 학생이 학교에서 문제를 일으켰을 때도 많은 경우 선생과 학교에 대해 문제를 제기하는 경우가 많다. 그것도 네탓주의다. 가장 흔한 것은 어쩌면 가정인지도 모르겠다. 인간사가 다 그렇지만 어떤 가정도 수많은 문제들을 끌어안고 있다. 그 문제들로 수많은 불화들이 일어난다. 가정이 파탄나기도 한다. 그런데 그 불화의 대부분이 실은 이 '네 탓'에서부터 비롯된다는 것을 사람들은 잘 모른다. 문제에 대해 어떤 아들, 어떤 딸들은 "엄마 때문에", "아빠 때문에" 하며 부모 탓을 한다. 어떤 엄마 어떤 아빠들은 "너 때문에" 하며 자식 탓을 한다. 어떤 아내 어떤 남편은 "당신 때문에" 하며 상대 탓을 한다. 그 '탓'의 반경이 상대의 집안 전체로 넓어지는 경우도 있다. 거기에도 '네탓주의'가 있다.

물론 그 '네 탓'이 100%, 200% 사실인 경우도 있다. 그런데 잘못한 '저쪽'에서도 그것을 인정하지 않고 똑같이 '네 탓'을 할 때 충돌과 문제가 발생하는 것이다. 당한 쪽은 억울하고 분해진다. (여성 쪽이 이런 경우가 많다.) 그런 것들이 사회 전체를 어둡고 거칠게 만든다. 그래서 '내탓주의'가 하나의 가치로서 요구되는 것이다. 자기의 잘못을 인정하고 책임지는 것, 그러려는 자세, 그게 옳다는 생각, 그것을 나는 '내탓주의' 혹은 '인정주의', '책임주의' 등으로 부른다.

현대 독일철학을 대표하는 인물 중에 한스 요나스가 있다. 그의 대표작이 《책임의 원리》다. 이 책은 환경에 대한, 자연에 대한, 미래에 대한, 후손에 대한 그리고 궁극적으로는 존재에 대한 우리 인간의 책임을 이야기한다. 나는 그가 말한 '책임'(Verantwortung)이라는 것을 철학적 개념 내지 윤리로서 중요시하는 편이다. 그 책임이 모든 '인간사적 문제들'에 대해 확대 적용되지 않으면 안 된다. 무릇 자기 자신의 잘못을 솔직히 인정하고 책임지는 것, 그런 것을 나는 '내탓주의'라 부르고 있다. (일본의 이른바 '하리키리', '자살'은 그 극단적-야만적 변형이다.)

'내 탓'과 책임은 양심과 반성과 용기와 배려에 그리고 사랑에 기반한다. 그래서 그것은 윤리가 되고 가치가 되고 선이 된다. '내 탓'이 인간관계의 문제를 줄이고 나아가 사회의 문제를 줄이고 세상을 선의 방향으로 인도한다. 그것이 선진사회의 한 조건이 된다. 기억해두자. '네 탓'은 비겁이고 '내 탓'은 용기다. 양심적인 '내 탓'이 불이익이 되지 않는, 존경과 칭찬의 대상이 되는, 그런 세상을 꿈꿔본다.

제2부

베이징 소회

관점의 전환

그 옛날 젊은 철학도 시절, '시선의 방향'을, 즉 '이쪽에서 저쪽으로' 혹은 '저쪽에서 이쪽으로' 라는 것을, 철학적 주제로서 사유해본 적이 있었다. 물론 그때는 '존재와 무'(삶과 죽음, 이세상과 저세상)라고 하는 형이상학적 현상이 주제였지만,[9] 전혀 다른 관점에서, 즉 '우리나라와 다른 나라'라는 관점에서, 이게 다시 내 철학적 관심을 자극한다. 지금 내 몸이 현실적으로 '우리나라'인 한국을 떠나 '다른 나라'인 중국에 와 있기 때문이다. 이런 경우 평소와는 다른 '시선의 방향'이라는 것을 느끼게 된다. 늘 '이쪽'이었던 한국이 이제 '저쪽'에 있기 때문이다. 그리고 늘 '저쪽'이었던 중국이 '이쪽'에 있기 때문이다. 이런 시선의 방향 전환에서는 대개 객

---

9) '존재'를 인식하기 위해서는 '무'에 시선을 두는 전환이, 즉 '저쪽'을 '이쪽'으로, '이쪽'을 '저쪽'으로 만들어보는, 다시 말해 저승에서 이승을 바라보는 시선의 전환이 필요하다는 그런 것.

관성이라는 것과 함께 애국심이라는 것이 자연스럽게 작동하게 된다. 그런 건 내가 예전에 일본(도쿄)에 있었을 때도, 독일(하이델베르크-프라이부르크)에 있었을 때도, 그리고 미국(보스턴)에 있었을 때도 비슷하게 느낀 적이 있었다.

이제 '저쪽'에 있게 된 한국과 '이쪽'에 있게 된 중국은 뭔가 평소와 조금씩 달라 보인다. 특히 장점과 단점 같은 가치적 주제가 더욱 그렇다. 느낀 점을 생각나는 대로 적어보려 한다.

그중 하나.

저쪽인 한국에 있을 때 이쪽인 중국이 좀, 아니 많이, 고약하게 보일 때가 많았다. 삼성폰과 현대차의 중국 내 판매 점유율이 현저하게 축소되었다는 보도를 접할 때도 그랬다. 여행제한, 한류제한, 롯데압박 등 여러 형태로 사드 보복을 겪을 때도 그랬다. 왕이 외교부장의 무례한 태도를 접할 때도 그랬다. 엄청난 미세먼지 공습에 대해 책임회피를 할 때도 그랬다. 그런데 그 '저쪽'이 이제 '이쪽'이 되고 보니 약간 다른 시선이 생겨난다. 어쩌면 그 모든 것이 '중국인들로서는 그럴 수도 있겠다' 싶은 생각이 조금은 드는 것이다. '감정'을 배제하고 생각한다면. 한국이 삼성과 현대에게 박수를 치듯 중국도 화웨이와 베이치(북경자동차)에게 박수를 칠 수가 있는 것이다. 오늘 아침 바이두(百度)에서 알린 화웨이 부회장 멍완저우(孟晚舟)의 캐나다 재판 관련 기사에 달린 댓글을 보니 중국인들의 열광적인 "파이팅!"(加油!)으로 도배가 되어 있었다. 화웨이의 5G 시스템이 세계 선두를 달리고 있다니 서구열강과 일본의 침략을 겪었던 중국으로서야 이런게 얼마나 자랑스럽겠는가. 자동차는 (베이치와 BYD의 약진에도 불구하고) 세계적인 중국 메이커가 아직 없기는 하지만 구매력이 늘어난 이들이 상대적으로 고급인 독일차, 일본차, 미국차를 소비하는 것은 한국과 전혀 다를 바가 없는 것이다. 사드 보복이나 외교적 무례도 (물론 치졸하지만) 이들의 입장에서 보면 아주 이해가 안 되는 건 아니다. 중국은 지금 명실상부한 G2로서 미국과 대결 중인데 한국은 그 동맹이니 바로 코앞에서 중국을 위협할 수도 있는 미국 무기를 배치한다니 눈엣가시처럼 여겨질 수도 있는 것이다. 예쁠 턱이 없다. 미세먼지 문제도 중국이 일부러 한국을 괴롭히려고 서풍을 불게 하는 것은 아니다. 이들도 이 문제에서는 "내 코가 석 자"다. 이곳 베이징대의 교수들도 "스모그 때문에 봄이 봄이 아니다"라고 한탄을 했다. "여행을 하시려면 가을이 좋다"고 내게 조언하기도 했다. 지구가 동에서 서로 자전하는 것 역시 중국의 책임이 아닌 것이다. 우스갯소리를 하자면 하필 중국 옆에 터를 잡은 단군의 실책일 수도 있다. 미리 말해두지만, 중국을 편들자는 건 절대 아니다.

자, 그럼 어쩔 것인가. 쉬운 문제가 아니다. 그러나 답이 아예 없는 것은 아니다.

이곳 베이징에 와보니 엄청난 숫자의 한국인 유학생이 있었다. 내가 머무는 베이징대(통칭 '베이다'[北大])에만 400명이 넘는다고 한다. 이미 귀국한 사람도 엄청나다. 이들은 실력도 뛰어나다. 베이징 전체에는 만 명도 넘을 거라 한다. 이런 중국통들을 국가가 활용해야 한다. 그렇지 못한다면 이런 아까운 일이 없다. (예컨대 내가 아는 많은 미국통과 일본통과 유럽통들도 국가적으로 전혀 활용되지 못한 채 아깝게 버려지고 있다.) 특히나 중국은 이른바 '꽌시'(关系)가 중시되는 나라다. 그들을 활용해 거미줄 같은 꽌시를 만드는 것, 정부가 해야 할 일이 그런 것이다. 인재는 결코 없지 않다. 제갈량을 찾은 류비 같은 그런 관심과 노력이 없는 것이다.

그리고 실력이다. 모범답안은 언제나 이것일 수밖에 없다. 수년 전 언젠가 학교 동료들과 중국 산둥반도로 여행을 온 적이 있었다. 그 끄트머리 해안에 거대한 바위가 세워져 있었던 게 기억난다. 인상적이었다. 거기엔 (정확한 문구는 잊어버렸지만) 덩샤오핑인지 장쩌민인지 최고지도자가 쓴 글귀가 적혀 있었는데 "인국, 인방을 바라보자"라는 취지였다. 그건 아마도 한국과 일본을 염두에 둔 말이었을 것이다. 짧은 한동안 한국이 중국보다 좀 잘나갈 때였다. 답은 오직 거기에 있다. 한국이 중국보다 더 잘나가야 하는 것이다. 더 단단하고 힘 있고 고급스런, 그래서 배울 만한 나라. 단언하지만 이들의 태도를 바꾸는 길은 그것밖에 없다. 그것 없이 중국을 향해 아무리 떠들어봐야 소용없다. 힘의 역학관계로 움직이는 국제사회에서 그런 게 통할 턱이 없는 것이다. 한류의 인기가 그 방향과 가능성을 이미 알려주고 있다. 고급이 되면, 이들은 우리를 쳐다본다. 오직 그게 답이다.

고급의 지향

중국에서 한국을, 베이징에서 서울을 바라본다. '이쪽'과 '저쪽', 시선을 바꿔서 바라본다. 그런데 아무리 시선이 바뀌어도 보이는 것 자체는 똑같다. 똑같은 창(윈도-인터넷 혹은 스마트폰)을 통해 요즘 우리는 모든 정보를 접하기 때문이다. 단, 느낌은 좀 다르다. 객관성과 애국심이 작동하기 때문이다. 그런 시선에 비치는 저쪽(늘 '이쪽'이었던 한국)은 우려스럽다. 경제침체 문제나 청년실업 문제, 저출산 문제, 미세먼지 문제 등은 굳이 철학자가 나설 일도 아니다. 그 분야의 전문가들이 얼마든지 있으니까. 그러나 철학자라면 '가치'에 대해서 언급하지 않을 수 없다. 요즘 한국사회는 '나'와 (그 '나'의 확장인) '우리 편'의 '이익'이라는 가치 이외에는 대부분의 가치들이 관심 밖으로 혹은 무관심 속으로 내몰려 있는 듯한 인상을 지울 수 없다. 각자가 각자의 자리에서 해야 할 '제대로 된 이름값'이라는 가치도 마찬가지다. 그건 공자와 플라톤의 핵심철학이었다. 그들이 꿈꾼 '정치'의 핵심이 바로 그것의 확보였다. 나는 얼마 전 '공자의 가치들'이라는 제목으로 '인간의 기본'을 위한 50개의 가치들을 정리한 적이 있다.

개(改: 고침) 경(敬: 공경/경건/받듦) 공(恭: 공손함) 관(寬: 너그러움/관대함/관용) 낙(樂) 및 요(樂: 즐거움/즐김) 노(勞: 애씀/노력) 덕(德: 덕/덕스러움/훌륭함) 도(道: 도/도리) 명(明: 명철함/눈밝음) 문(問: 물음) 민(敏: 재빠름/민첩함) 붕(朋) 및 우(友: 친구/벗함) 사(思: 생각) 사(事: 섬김/모심/받듦) 서(恕: 헤아림) 선(善: 선함/좋음/잘함) 수(修: 닦음/다스림/수양) 시(視) 및 관(觀) 및 찰(察: 봄/살핌/살펴봄) 신(信: 믿음/미더움/신뢰) 신(愼: 삼감/신중함) 안(安: 편안함) 애(愛: 사랑) 언(言: 말) 예(禮: 예/예의/예절) 온(溫: 따뜻함), 외(畏: 두려워함) 욕(欲: 하고자 함/의욕) 용(勇: 용감함/용기있음) 의(義: 의로움/정의) 인(仁: 어짊) 절(節: 아낌/절약) 정(正: 바름/바로잡음) 정(貞: 올곧음) 종(從: 따름) 주(周: 아우름) 중(重: 무거움/진중함) 및 위(威: 위엄/권위) 지(知: 알아줌) 지(知: 앎/지혜) 직(直: 곧음) 총(聰: 총명함/귀밝음) 및 청(聽: 들음) 충(忠: 충성스러움/충심/충실) 치(恥: 부끄러움/부끄러워함) 태(泰: 당당함/의젓함/점잖음) 학(學: 배움) 혜(惠: 은혜로움/베풀어줌) 호(好: 좋아함) 화(和: 어우러짐/조화/화합) 회(懷: 품어줌) 회(懷: 품음/마음둠) 효(孝: 효성/효도) 등이다. 이 글자들에 인간의 기본가치가 거의 다 포함돼 있다.

나는 이것들을 통해 '인간의 질'을, '수준'을, '고급스러움'을, 그리하여 '세상의 질'을 담보하고자 했다. 그런데 이런 모든 것이 지금 관심 밖인 것이다. 인기가 없는 것이다. 우리의 현실은 곧잘 이 반대현상들을 아프게 보여준다. 그래 가지고서야 '질', '수준', '고급'은 요원하다.

물론 '이쪽'(중국)이라고 별반 다를 건 없다. (엉망진창인 교통질서를 비롯해 우리보다 훨씬 더 질 떨어지고, 수준 낮고, 저급한 구석도 많이 눈에 띈다.) 공자가 이런 가치들을 이야기한 것도 그 반대현상인 가치의 붕괴가 바로 이곳(중국)에 있었기 때문이다. 이들의 이 '엉망진창'은 유구한 역사와 전통이 있는 셈이다. 그러나 이들은 바로 그런 현실 속에서 공자라는, 공자의 철학이라는 엄청난 꽃을 피워냈다. 노자의 철학도 있다. 여기가 중국이기에 그 가치가 더욱 크게 가슴에 와 닿는다. 이들을 가볍게 볼 수 없는 이유는 단지 그 물리적[국토와 인구]-정치적-경제적-군사적 덩치 때문만은 아니다. 이들의 정신적-문화적 노력과 성과를 우리는 원점에서 다시 평가하지 않으면 안 된다. 내가 전공한 하이데거만 하더라도 자신은 [자기 주변에 그렇게 많았던 일본인들보다도] "중국인들로부터 더 많은 것을 배웠다"고 말한 적이 있다. 일반적으로는 잘 알려지지 않은 부분이다. 여기서 하이데거-노자 관련 논문을 쓰면서 새삼 이들의 수준에 감탄하고 있다. (이들의 5G나 우주관련 기술은 다른 모든 수준들을 대표적으로 상징하는 것이다.)

　나는 백 번이고 천 번이고 반복해 강조할 생각이지만, 우리가 중국을 포함한 세계를 상대하려면 '질적인 고급' 이외에는 뾰족한 수단이 없다. 오직 '고급'으로만 우리의 가치를, 즉 경쟁력을 지닐 수 있는 것이다. 단순한 기술과 상품의 이야기가 아니다. '사람'의 질이 고급이어야 하는 것이다. '생각'의 질이 고급이어야 하는 것이다. 여러 차례 기회 있을 때마다 했던 말이지만 지금 우리에게는 '질'에 대한, '수준'에 대한, '고급'에 대한 지향이 없다. 이대로 가면 낭떠러지다. 저급의 늪이 기다릴 뿐이다. 우리는 좀 더 책을 읽어야 하고, 좀 더 생각이라는 것을 해야 한다. 그쪽 방향으로 사람을 대우하고 키워야 한다. 또 그것을 제도적으로 뒷받침해야 한다. 우리가 적어도 일본이나 싱가포르보다 더 고급스런 국가를 이룩한다면 중국도 우리를 지금처럼 가볍게 여기지는 않을 것이다.

부귀와 정의

　바이두의 뉴스에 한국 연예계 추문(버닝썬 사건)이 보도되었다. '왜 하필…', '또 이런…' 심중이 복잡했다. 그 복잡함 속에 부끄러움이 있었다. 베이징의 지하철에서 옆자리의 한 젊은이가 폰으로 한국 드라마에 몰입해 있는 걸 보고 흐뭇했던 게 바로 어제 일인데…, 그 중국 젊은이는 이런 기사를 보고 어떤 생각을 하고 있을까. 그런데 그 기사 밑에 무수히 달린 댓글들을 훑어보다가 나는 경악했다. "한국은 정치인들도 대중을 배신했고 연예인들도 이렇게 대중을 배신하고 있으니 이 나라의 미래가 어떨지 눈에 보인다." 대충 그런 내용의 댓글이 있었고 거기에 '좋아요'를 누른 숫자가 수백 개를 넘어 있었던 것이다. 할 말을 잊었다. 국내에서야 그럴 수 있다 쳐도 여긴 외국이 아닌가. 외국인에게 이런 소리를 듣는 건 경우가 완전히 다르다. 반박할 여지도 없다. 모래를 씹는 듯한 느낌. '도대체 왜들 이러는 거야', 한숨이 절로 나왔다. 가치의 붕괴! 나의 진단은 언제나 동일하다. 우리는 '인간의 기본'을 과거의 어딘가에 내다버리고 지금 이 지경에 와 있는 것이다. ('인기'를 누린 추문의 주인공들도 아마 그렇게 살아왔을 것이다.)

　인간의 기본? 그런 가치에 지금 거의 아무도 관심이 없다. 대부분의 눈들이 오로지 '이익'만을, 특히 돈만을 바라보고 있다. 물론 나는 돈의 가치를 경시하지 않는다. 이 자본만능의 시대에 누가 감히 돈에 대해 외람된 시비를 걸 수가 있겠는가. 그러나 우리는 과연 그 돈의 색깔에 대해, 그 채도와 명도에 대해, 돈의 미학과 윤리학에 대해 생각해본 적이 있는가. 흰 돈과 검은 돈, 밝은 돈과 어두운 돈, 깨끗한 돈과 더러운 돈, 돈에도 종류가 많다. 나는 경제학자가 아니라 잘은 모르지만 돈은 인간의 삶을 위해 필요한 '무언가를 할 수 있는 것'이라는 점에서 엄청난 힘임을 부인할 수 없다. 그러나 그 옛날 공자가 말했듯 이 '부'(富)라는 것은 '귀'(貴)[정치적 권력 혹은 지위]와 더불어 '정의롭게' 취득하지 않으면 안 되는 것이다. (子曰: "富與貴, 是人之所欲也. 不以其道得之, 不處也. 貧與賤, 是人之所惡也, 不以其道得之, 不去也.") 돈과 권력─지위는 오직 정의로운 방법으로서만 추구되어야 한다는 것이다. 그런 철학이 바로 이곳 중국에서 생겨났던 것이다. 그런 가치가 2천 수백 년 동안 알게 모르게 인간의 사고와 행동에 영향을 미쳐왔다. 그 밑바탕에는 의롭지 못한 부,

의롭지 못한 귀가 있었음을 우리는 직시해야 한다. 지금 우리 사회는, 그 옛날 공자 당시의 중국사회와 꼭 마찬가지로, 의롭지 않은 방법으로 부와 권력—지위—명예를 탐하는 그런 현실 속에서 신음하고 있는 것이다. '버닝썬' 사건은 그 한 귀퉁이일 것이다.

도대체 왜 어쩌다 이렇게 된 것일까? 나는 그 '돈의 어두움'의 한 기원이 '투기'에 의한 부의 획득이라고 생각한다. 기업들도 개인들도 다를 바 없다. '투자'니 '재테크'니 하는 말로 포장되어 있지만, 중요한 것은 그것이 '불로소득'이라는 점이다. 이재에 무심한 건전한 근로자들은 '무능한 사람'으로 낙인이 찍힌다. 그렇게 해서 그 성실한 근로는 빛을 잃는다. 세상물정 모르는 '바보'로 취급되는 것이다. 그들의 부자 되지 못함이 신령한 돈을 숭배하지 않은 불경죄라고 치부한다면 할 말이 없다. 그러나 '건전한 사회'라면 한 번쯤은 그 돈의 '정의로움'을 고민해볼 필요가 있지 않을까.

방법이 아마 전무하지는 않을 것이다. 토지공개념이나 부동산보유세의 강화도 그중 하나가 될 수 있다. 투기를 일정 부분 무력화시키는 것이다. 투기로 돈을 벌어봐야 결국은 별로 남는 게 없다는 것을 사람들의 의식에 형성시켜야 한다. 그래서 인간의 경제적 관심을 건전한 근로와 생산과 유통으로 돌리는 것이다. 반면 건전한 근로와 생산에 대해서는 세금혜택, 정부지원 등 인센티브를 부여해야 한다. 그러면 그쪽으로 투자의욕, 근로의욕이 발생한다. 그런 선순환의 구조를 만들지 않으면 안 된다. 그런 '부'의 건전성을 확립하지 못하면 내가 소원하는 '질적인 고급국가'는 아마도 영원히 불가능할 것이다.

깨끗한 돈을 통한 부귀의 추구라는 인간의 기본을 아이러니하게도 2천 수백 년 전부터 그다지 그렇지 못했던 이곳 중국에서, 그 심장인 베이징에서 생각해본다. 오늘은 공기가 맑고 하늘이 푸르다. 베이징에도 맑은 봄 같은 봄날이 있다. 꽃도 예쁘게 피어 있다.

언어-의식-가치

BKBN(베이징 한인 사업가 연대)이라는 모임과 인연이 닿아 특강을 하게 되었다. 회장, 사장, 고문, 부총재, 변호사 등 쟁쟁한 전문가들이 많아 느낌이 새로웠다. 예전, 학교에서 인문최고과정을 운영할 때와 좀 비슷한 분위기이기도 했다. 의외로 철학에 대한 관심이 깊고 진지해서 고맙기도 했다. 행사 후 식사자리가 이어졌고 담소가 오고갔다. 온갖 화제가 오르내리던 중, 학문적 호기심이 발동하여 한 가지 질문을 그분들에게 던져봤다. "중국에 오래 사시면서 인상적으로 자주 들리는 단어 같은 게 혹시 없던가요?" (이건 내가 평소 강의시간에 다루던 주제의 하나였다. 우리는 보통 언어라고 하는 정신적 대기 속에서 사회적 삶을 영위하고 있기 때문이다. "언어가 의식을 형성하고 언어가 의식을 현시한다"는 나의 언어철학이다. 미국사회의 'thank you', 'respect', 'share', 독일사회의 'Verboten', 'Debatte', 프랑스사회의

'tolerance', 'l'autre', 일본사회의 'すみません' 'めいわく' 'まもる' 같은 것이 그 구체적 사례다.) 그랬더니 그중 한 분이 "뿌싱"(안돼), "뿌쯔다오"(몰라), "메이꽌시"(상관없어), "메이원티"(문제없어) 같은 게 그런 것 같다고 했다. 그리고 또 한 분은 '공산당', '주석', '사회주의' 같은 정치적 단어들이 자주 들린다고 말해줬다. 방향은 서로 다르지만 둘 다 의미있다고 생각되었다.

경제적 성장 때문에 우리는 자주 깜빡깜빡 잊고는 하는데 중국은 엄연히 공산당이 일당독재를 하는 사회주의 국가다. 대학 행정에도 공산당 조직이 끼어들어 있고, 기업도 사실상 공산당 조직의 일부라고 들었다. ('양회'의 결정사항은 기업인도 학습을 해야 한다고 한다.) 심지어 호텔에서의 모임 같은 것도 20명이 넘으면 신고를 해야 하고 그렇지 않으면 직원이 공안에 신고를 하는 경우도 있다고 한다. 사회의 전 분야가 당의 감시와 지도하에서 움직이는 것이다. 길거리에는 "대당(対党)충성", "공산당은 좋고 만백성은 즐겁다"(共产党好, 百姓乐) 같은 구호도 눈에 띈다. 이런 게 얼마나 가겠느냐는 비판의 목소리와 이 거대한 국가를 경영하려면 이런 독재가 불가피하다는 목소리, 둘 다가 공존하는 것 같다. 그쪽 전문가가 아니라 잘은 모르지만, 둘 다 일리는 있는 것 같다. 민주와 자유라는 말도 자주 들리는데 그 의미는 우리가 생각하는 것과 상당히 다르다고도 했다. 내가 아는 베이징대의 교수 한 분은 공산당의 폭거인 문혁과 천안문 사태의 아픈 기억을 간직하고 있기도 했다. 당은 국가를 위해서라도 그 지배를 절대 스스로 포기하지 않을 것이고 인민들도 지금의 경제적 풍요와 국제적 지위(G2)에 만족감과 자부심-긍지를 지니고 있어 당에 대한 저항은 미미하다고도 했다. (물론 상대적 빈곤에 대한 반감은 날로 커져가고 있다고 또 다른 누군가는 말했다.)

아마 양면이 다 있을 것이고 다 필요할 것이다. 이런 중국에 비한다면 한국의 민주주의는 크나큰 혜택 혹은 자랑거리가 될 수도 있다. (홍콩의 민주화 시위에 영향을 줄 정도니까.) 아닌 게 아니라 나는 일본의 친구들에게 한국의 민주주의를 자랑하기도 했었다. 일본의 그것은 패전에 따른 뜻밖의 선물인데다 사실상 자민당 일당독재인 데 비해 한국의 그것은 피로써 쟁취한 것이니 그 질이 다르다는 취지였다. 중국에 비한다면 더욱 그럴 것이다. 그러나 한국정치의 패거리문화와 무능을 보면 그 자랑이 무색해지고 만다. 여야, 좌우, 보혁을 불문하고 서로 머리를 맞대고 토론하며 국가와 국민을 위해 고민하는 진정한 정치의 모습을 보고 싶다.

한편 "안돼", "몰라", "상관없다", "문제없다"라는 말들은 중국사회의 또 다른 일면을 보여준다. 경직성이라고나 할까? 관료주의라고 할까? 무원칙주의라고 할까? 이런 말들은 어쩌면 외국인이기에, 특히 기업을 하는 외국인이기에 자주 들는 말일지도 모른다. 좀 더 관심 있게 지켜봐야겠다는 생각이 든다.

  짧은 기간이지만 내가 직접 느낀 것 중의 하나는 여기저기에 붙어 있는 '푸'(福)라는 글자(특히 복이 하늘에서 쏟아지라며 거꾸로 붙인 글자), '시'(囍)라는 글자(내가 사는 아파트 입구 양쪽 기둥에도 이 글자가 붙어 있다.) 그리고 축하를 의미하는 '콰일러'(快乐)라는 글자, 그리고 이들이 만들어낸 '신'(鑫)이라는 글자, '펑'(丰, 豊)이라는 글자, 또 이들이 너무나 자주 입에 올리는 '하오'(好)라는 말 등이다. 이 글자들에 일반 중국인들이 삶에서 지향하는 바가 고스란히 드러난다. 다 '현실적인 이득'이다. 미세먼지의 원인이 되는 명절 폭죽도 그리고 사원의 향불도, 이들은 그 양만큼 복을 받는다고 믿는다 한다. 이들은 철저하게 현실적이다. 내세관이 가장 희박한 게 중국인이라는 말도 들었다. 특히 이들은 기복적인 의식을 강하게 지니고 있는 것 같다. "비단장수 왕서방", "재주는 곰이 부리고 돈은 왕서방이 챙긴다"라는 말이 괜히 나온 게 아닌 것이다. 중국의 부, 경제력, 그게 우연한 결과가 아님을 우리는 분명히 알아야 한다. 모든 결과는 다 보이지 않는 의식에서 비롯된 것이다. 명심해두자. 의식이 현실을 결정한다. 그리고 그 의식을 언어가 결정한다.

인재

아직 그 연유를 들어보지는 못했다. 그런데 베이징에서는 한 가지 특이한 점이 눈에 띈다. 내가 살고 있는 베이징 서북부 하이뎬(海淀)구에는 대학들이 밀집돼 있다. 내가 지나가다 본 것만 해도 베이징대, 칭화대, 베이징사범대, 런민대, 베이징과기대, 베이징어언대, 베이징외국어대, 베이징입업대, 중국농업대, 베이징교통대, 베이징이공대, 베이징화공대, 중앙민족대, 중국과학원대, 베이징항공항천대, 베이징우전대, 베이징연합대 … 하여간 많다. 이 밖에도 더 있을지 모르겠다. 특히 세계적인 명문인 칭화대와 베이징대는 길 하나를 사이에 두고 서로 이웃하고 있다. 아니 칭화대 블록의 한 켠에 아예 베이징대의 한 학부(물리학부)가 들어가 있다. 프랑스 파리의 초명문 소르본느대(파리4대-파리6대)와 고등사범학교(ENS)가, 그리고 미국의 초명문 하버드대와 MIT가 서로 이웃하고 있는 것과 같은 모양새다. (미국의 두 대학은 걸어서 한 20분 떨어져 있기는 하다.)

학교 도서관에서 작업을 하는 날은 운동 삼아 교정을 한 바퀴 산책하기로 정해두고 있다. 베이징대 교정은 산책하기가 정말 좋다. 이 대학을 상징하는 '이타후투'(一塔湖图 : 이 대학의 상징적 명물인 박아탑, 미명호, 도서관. '一塌糊涂' [엉망진창, 뒤죽박죽]와 발음이 같음)뿐만이 아니라 수많은 건물들이 중국 전통건축이라 보기도 좋고, 안쪽에는 상당한 규모의 공원도 조성되어 있어 고궁의 분위기를 방불케 한다. 내가 소속된 철학계(系)의 교수연구동은 마치 깊은 산사의 암자 같기도 하다. 처음 방문했을 때 이 분위기가 너무너무 인상적이었다. 겨울과 봄과 여름을 보았으니 이제 가장 좋다는 가을이 기대된다.

오늘은 집에서 가까운 칭화대로 오후 산책을 나갔다. 자금성을 능가하는 엄청난 넓이가 사람을 압도했다. 바둑판처럼 반듯반듯 널찍널찍하게 구획되어 현대식 건물들이 즐비했다. 우선 동서를 가로지르는 큰길만 걸어봤는데 이쪽 끝에서 저쪽 끝까지 다리가 아플 지경이었다. 베이징대 같은 고전적 분위기를 기대했는데 그건 약간 실망이었다. 그러나 이 대학도 그 한쪽 켠엔 어김없이 중국 전통식 공원이 조성되어 있었다. 그 못가 정자에 앉아 한동안 시간을 즐겼다. 서양식 '칭화문'과 그 안쪽 '칭화학당'을 비롯한 초창기의 근대식 건물들도 고풍스런 분위기가 있었다. 뭔가 MIT와 약간 비슷한 느낌. 같은 이공계 명문이니까? 아무튼 좋았다.

돌아오며 이런저런 생각들이 스쳐갔다. 대도시 베이징이 대학도시라는 이미지는 일반에게 잘 알려져 있지 않다. 그러나 이렇게 엄연한 사실이다. 지방에도 세계적인 명문대학들이 즐비하다. 홍콩을 빼고도 샹하이 푸단대, 샹하이 자오퉁대, 저장대, 우한대, 난징대 … 부지기수다. 나는 이 대학들에 바글거리는 학생들이 두려웠다. 이 젊은이들이 지금껏 가난에 절었던 중국을 G2로까지 끌어올렸고 앞으로도 무섭게 전진할 것이 눈에 보이기 때문이다. 칭화대를 거닐면서는 어디선가 젊은 후진타오와 시진핑이 지나갈 것 같은 느낌도 들었다.

학문의 연구와 인재의 양성은 대학의 본질이다. 그런데 지금 우리의 대학은 어떠한가. 이 본질이 온전히 구현되고 있는가? 교수들과 학생들의 표정엔 짙은 먹구름이 드리워져 있다. 교수들은 연구와 교육의 의욕을 잃고 학생들은 학점에만 매달리고 그나마 취업 걱정으로 4년을 움츠려 지낸다. 교수들 위에 군림하는 직원들과 연구재단과 교육부 관료, 그들은 더 이상 학자요 교육자인 교수를 존경하지 않는다. 그러다 보니 이젠 학생들도 교육 소비자로 자임한다. 교수들의 입지는 점점 좁아지고 있다. 자조적인 분위기가 팽배해 있다.

뭔가 방향설정이 잘못돼 있다는 것을 우리는 자각해야 한다. 대학은 국가의 운명을 좌우한다. '어떤' 인재를 길러낼 것인가, 깊이 반성하고 고민하지 않으면 안 된다. 특히 '어떻게' 그 '졸업 후'를 보장할지도 고민하지 않으면 안 된다. 그게 국가가, 정부가, 당이, 정치인이, 관료가 해야 할 일이다. 그건 교수의 몫이 아니다. 그런데 그런 방향에 대해 치열한 관심이 별로 없어 보인다.

칭화대를 산책하다가 한국어가 들렸다. 저 유학생들은 졸업 후 어디서 어떤 삶을 살게 될까? 베이징대에만도 400명이 넘는 한국학생이 있다고 들었다. 예전엔 천 명도 넘었다고 한다. 칭화대엔 또 얼마나 될까? 졸업한 그들은 지금 어디서 무엇을 하고 있을까? 국가를 위해 봉사하며 개인적인 행복을 누리며 보람을 느끼고 있을까? 내가 아는 한 우수한 베이징대 박사생은 "졸업하면 여기서 취직을 하고 싶다"는 희망을 조심스럽게 이야기했다. 내가 보기에는 너무나 우수해서 너무나 아까운 인재다. 그들이 조국이 아닌 중국을 위해 일을 하게 된다면 그야말로 "죽 쒀서 개 주는 꼴"이다. 나는 여러 기회에 거듭 강조했지만 한국의 최대 강점은 각 분야에 포진한 우수한 인재다. 그들을 제자리에 앉히지 못한다면, 한국에는 미래가 없다. 세금이 남아돈다면 국가전략으로 연구소라도 만들자. 거기에 인재들을 채용하고 일거리를 주자. 바로 거기에 우리의 사랑하는 조국, 한국의 미래가 있다.

'늙음'을 대하는 태도

똑같은 뉴스를 똑같은 사람이 똑같은 화면으로 보지만, 그 장소가 외국이면 느낌이 조금 달라진다. 어쩔 수 없이 자연스럽게 현지와 비교가 되기 때문이다.

베이징에서 PC로 한국뉴스를 살펴보다가 "노인 기준 65세→70세로", "생산인구 줄어들어 경제에 충격. 복지부 장관 '사회적 논의 시작을'"이라는 제목에 눈길이 갔다. 기사는 "저출산, 고령화가 예상보다 더 급격히 진행되면서 노인 연령 기준을 올려야 한다는 목소리가 힘을 얻고 있다"로 이어지고 있었다. 스스로도 믿어지지 않지만 나와는 영원히 인연이 없을 것 같았던 65라는 이 숫자가 엄연한 나의 현실이 되었기에 읽어보았다. 숫자는 사실이니 부인할 수 없지만, 노인이라는 이 단어는 나에게 너무나 낯설다. 아무리 생각해봐도 나는 '노인'이 아니기 때문이다. (유엔의 권고로는 18세에서 65세까지가 '청년'이라는 기사도 보았다.) 그러니 이 불편한 단어를 공식적으로 면제시켜준다면 그건 고마운 일이 아닐 수 없다.

그러나 노인이 아니라고 아무리 우겨도, 염색을 하지 않는 한, 머리를 뒤덮은 백발은 내 편을 들지 않는다. 베이징에서 지하철을 타고 가는데 객차 안이 붐볐다. 나는 당연한 듯이 손잡이를 잡고 서 있었다. 그런데 뒤에서 누가 툭 치기에 반사적으로 돌아보니 20대로 보이는 한 아가씨가 "닌 쭈오"(您坐: 앉으세요) 하며 자리를 양보하는 것이다. 베이징에 와서 한 달 동안 벌써 세 번째다. 아마도 이 백발 때문일 것이다. "난 괜찮은데…" 사양했지만 아가씨는 쑥스러운 표정으로 벌써 문앞으로 가버렸다. "고맙습니다" 하고 앉았지만 엉덩이가 영 편하지가 않다.

얼마 전에는 주말에 베이징의 명소인 '원명원'(圓明园)에 가보았다. 얇은 지갑이 좀 신경 쓰였지만 매표구에 줄을 섰는데 아직 말이 서툴다 보니 눈치를 챘는지 여권을 보자고 했다. 보여주니 "외국인은 무료"라며 그냥 들여보내주었다. 뭔가 횡재를 한 기분이었다. 그런데 걷다 보니 그 안에 별도 입장권을 사야 하는 특별한 구역이 있었다. 그냥 대충 바깥에서 보고 지나가려 했는데 그 입구에 장황한 안내문이 붙어 있었다. 보니, 그중에 "60세 이상 노인 무료"라는 게 눈에 띄었다. '그렇다면…' 하고 입장을 시도했다. 역시 백발을 보더니 아무 제지 없이 들여보내주었다. 두 번이나 횡재를 한 것이다. 그 다음 주는 '원명원'보다 더 유명한 명소라는 '이화원'(頤和園)에도 가보았다. 좀 유심히 살펴보니 거기도 '노인 무료'였다. 당당히 공짜 입장을 하며 이 단어에 대한 평소의 그 불편함은 어디론가 사라졌다.

기분이 좀 묘했다. 입장료 몇 천 원의 절약, 단순히 그런 건 아니었다. 여기가 중국 베이징이기 때문이다. 대학생 때 즐겨 읽었던 임어당의 《생활의 발견》이 생각났다. 거기에 〈우아한 노경으로〉라는 인상적인 장이 있는데 거기서 그는 노년의 의의를 아주 긍정적으로, 아주 멋지고 감동적인 언어로 강조했었다. "늙는다고 하는 것을 아무도 현실적으로 막을 수는 없다. 인간이 늙어가는 것을 인정하지 않으면 자기를 속이는 결과가 된다. 자연에 대해 아무것도 반항할 필요는 없으므로 우아하게 늙어가는 편이 낫다. 인생의 교향악은 평화, 고요, 안락, 정신적 만족의 위대한 피날레로 끝나야 할 것이며, 고장난 북이나 찌그러진 심벌즈 소리로 끝나서는 안 된다." 늙음을 자연스럽게 드러내려는 중국과 '애써 아닌 척' 늙음을 감추려는 미국을 대조하며 은근히 중국의 전통을 자랑했다. 아닌 게 아니라 내가 어릴 적 접했던 중국문학−중국영화에 등장하는 노인의 이미지는 '멋있는' 것이었다. 그들은 존경의 대상이었다. 물론 그것과 같은 것일 수는 없겠지만, 이렇듯 중국에는 아직 그 '흔적'이 남아 있는 것이다. 같은 한국 뉴스 사이트의 '폐지 줍는 노인', '버려진 노인' 관련 기사와 묘하게 겹쳐졌다.

한국의 적지 않은 노인들이 존경-공경은커녕 '불편한', '만족스럽지 못한' 노경을 보내고 있고 그중 적지 않은 노인들은 버려지기도 하고 고독사를 맞이하기도 한다. 독일과 일본엔 "끝이 좋으면 다 좋다"(Ende gut, alles gut / 終り良ければ すべて良し)는 속담도 있는데, 결정적으로 중요한 인생의 끝자락이 불편하대서야 그건 좀, 아니 많이, 불쌍한 노릇이다. 노인의 경제적 빈곤을 다루는 기사들도 적지 않다.

그래서, 돌아오는 길에 공자가 생각났다. 이곳 베이징에서 그리 멀지 않은 저 산동에서 태어나 이 주변을 주유했던 그다. 《논어》에 보면 그는 "선생님의 소원을 듣고 싶습니다"라는 제자의 물음에 망설임 없이, "소자회지 붕우신지 노자안지"(少者懷之 朋友信之 老者安之)라고 대답했다. "어린아이는 품어주고 벗들은 믿게 하고 늙은이는 편안케 하는 것", 이게 공자의 철학적 지표였던 것이다. 어떤 이는 "뭐 이런 당연한 것을…"이라고 대수롭지 않게 여기기도 하는데, 천만에, 사실 이건 보통 소원이 아니다. 공자의 이 말을 거꾸로 뒤집어서 그가 이 말을 하게 된 배경을 우리는 살펴봐야 한다. 거기엔 '아이들이 품어지지 못하고 벗들이 서로 믿지 못하고 늙은이가 편안하지 못한' 절박하고도 가슴 아픈 현실이 있었던 것이다. 지금 우리 사회가 안고 있는 것과 똑같은 그런 현실이. 회-신-안(懷-信-安: 품다-믿다-편하다) 이 세 글자만 실현이 되어도 인간세상은 거의 천국이다. 특히 나는 '안'(편안함–평화를 포함)이라는 것을 나 자신의 철학적 가치로 강조하고 또 강조해왔다. 인간의 삶에서 '편안함'만큼 소중한 가치도 많지 않다. 사실 몸 편하고 마음 편하면 더 이상 무슨 행복을 더 바라겠는가. (특히 노년에.) 몸과 마음이 편하지 않다면 어떤 부와 지위와 업적과 명성도 의미가 없다. 누가 이것을 저것과 바꾸고 좋아하겠는가. 어떤 재벌, 어떤 권력자, 어떤 유명인이 자신의 그 부와 지위와 명성을 위해 몸과 마음의 건강(편안함)을 기꺼이 버릴 수 있겠는가.

'노'(老)란 그런 시선으로 바라보아야 할 글자다. 어차피 그 누구도 예외일 수 없는 늙음인 이상, 늙은이됨을 굳이 기피하지는 말자. 임어당만큼은 아니더라도 조금은 자랑스럽게 백발을 휘날릴 수 있는 그런 사회, (중국이 꼭 그렇다는 건 아니지만, 그리고 그나마 이 정도의 경로도 실은 우리 한류의 영향이라는 설도 있지만,) 그런 사회를 우리는 지향했으면 한다. 경로는 낡은 것도 아니고 고리타분한 것도 아니다. 모든 인간들이 끊임없이 노경을 향하고 있는 한, 그게 우리 인간의 존재구조인 한, 끊임없이 반복되어야 할 과제다. 다만 단순한 나이 숫자만으로 공경을 받고자 해서는 안 된다. 공경에 합당한 '노인'의 이름값을 하는 것, 그것이 전제되지 않으면 안 된다.

오늘 한 모임에서 그 이름값을 제대로 하는, 열심히 살아

온 한 노인을 만났다. 사업가인 그분은 중국에서 새 사업을
시작하려는 한 젊은이에게 경험에서 우러나온 소중한 지혜
를 들려주고 있었다. 나는 그분의 그 주름진 얼굴과 백발이
아름답게 보였다. 이런 게 과연 나만의 이상한 미학일까?

시야

'넓게 보기' 혹은 '멀리 보기' 혹은 '크게 보기'를 생각해본
다. 오늘 나의 시선은 '시야'라는 것을 향하고 있다.

휴식시간에 '텅쉰신원'(腾讯新闻: 텐센트뉴스)을 보다가
'국내최대대학'이라는 기사제목에 눈길이 갔다. 아마도 평생
대학에서 살아왔으니 자연스럽게 그렇게 되었을 게다. 물론
여기서 '국내'란 중국을 말한다. 동북임업대학이 최대라고
소개했다. '칭화대'(清华大)나 '베이다'(北京大)만큼 유명하
진 않아도 엄청 좋은 대학이라고 칭찬도 했다. 그런데 그 규
모가 고궁(자금성)의 무려 460배에 달한다고 설명했다. 이
숫자의 감이 잘 잡히지 않았다. 한국에서는 곧잘 '여의도의
몇 배'라는 표현을 쓰지만 여기서는 '고궁의 몇 배'라고 하는
모양이다. 자금성이 여의도만큼은 아니지만 실제로 걸어보
니 그것만 해도 아득한 넓이였다. 그런데 대학 하나가 그 4
배도 아니고 460배라니! 입이 벌어진다. 지금 내가 사는 집

바로 근처에 칭화대가 있어 가끔씩 들어가 산책을 즐기는데 거기만 해도 넓이가 장난이 아니다. 베이징대도 그렇다. 유명한 만리장성은 말할 것도 없고 내가 다녀본 천단공원, 원명원, 이화원, 올림픽삼림공원 등도 한없이 넓어 보였다. 도로도 널찍널찍하다. 이들의 스케일이 남다름을 느끼게 한다. '뭐, 대륙이니까…' 그렇게 간단하게 치부하고 넘어갈 수도 있을 것이다. 실제로 오늘 아침 뉴스엔 '남북 기온차 무려 60도!'라는 게 떴다. 순간 남북한 문제인가 싶었는데 아니었다. 그냥 날씨 얘기였다. 충칭은 30도, 헤이룽장은 영하 28도란다. '참 넓긴 넓구나…' 실감했다. 그러나 단순히 거기서 그치지 않는다는 느낌이 들었다. 사물과 세계를 바라보는 이들의 시야도 그렇다. 폭이 넓다. 시진핑 주석의 유럽 방문을 돌아보는 기사도 읽었다. 미국과의 무역전쟁과 일대일로 관련기사도 읽었다. 그는 이른바 G2의 지도자답게 '세계'를 그 시야에 담고 있었다. 어디 그뿐인가. 아직 잘은 모르지만 여기서 몇 십 년을 산 지인들의 이야기를 들어보면 이곳의 관료, 기업인, 학자들은 적어도 몇 십 년 후를 내다보고 사안을 생각한다고 했다. 겉으로 보기엔 똑같은 사람의 눈이건만, 그 바라보는 시야는 같지 않다는 것을 실감했다. 같은 화면에서 동시에 보게 되는 '저쪽' 한국의 뉴스들이 그것을 확인시켜준다. 우리의 시야는 거의 대부분 그저 '눈앞'이다. 그것도 내 눈, 우리 패거리의 눈, 나의/우리의 이익이 그 시야에 들어올 뿐이다. 우리 편이 아닌 '니들'의 흠집만이 그 시야를 가득 채운다. 이래 가지고서야 어찌 바로 옆에 붙은 이들과 국제무대에서 경쟁을 하겠는가. 내가 10년 세월을 살았던 일본만 하더라도 뉴스의 상당 부분이 국제뉴스였다. 그런데 우리는 대부분이 국내뉴스다. 그 대부분도 칙칙한 소식들뿐이다. 이래서야 젊은이들이 여기서 결혼하고 애 낳고 기르며 살고 싶겠는가. 땅덩어리야 애당초 좁으니 그건 어쩔 수 없다 치자. 그러나 그 때문에 시야까지 당연히 좁아야만 하는 건 아니다. 비슷하게 좁은 섬나라지만 일본도 세계를 바라본다. 도시국가인 싱가포르만 하더라도 그 시야는 전 세계를 바라본다. 우리와 거의 똑같은 이탈리아도 전 유럽은 물론 아프리카, 아시아까지 발을 넓혔었다. 시야는 온전히 사람의 문제다. 우리도 시야를 조금은 달리 설정해야 한다. 정치적인 이유로 몰락하고 말았지만 한때 많은 젊은이들에게 감명을 주었던 전 대우그룹 김우중 회장의 '세계경영'이라는 마인드는 우리에게도 그것이 가능함을 알려준다. 정말이지 그의 말대로 "세계는 넓고 할 일은 많다."

부디 우리의 좁은 틀을 깨자. 이곳 베이징에서 우연히 인연이 닿게 된 '베이징한인실업인연대'(BKBN)의 회원들은 이미 그런 좁은 틀을 넘어선 삶을 실천하며 살고 있었다. 전 중국이, 아니 전 세계가 그들의 삶의 무대였다. 한동안 안 보인다 하는 분들은 각각 미국 출장, 유럽 출장, 일본 출장, 아프리카 출장을 다녀왔다고 했다. 그들의 삶은 치열한 '실전'이라는 느낌이 강하게 들었다. 그런 기업인들이 사실상 지금까지 우리나라를 견인해왔다고 해도 과언이 아니다. 우리의 국제적 위상을 여기까지 끌어온 건 기업인이나 문화인이지 정치인이나 관료가 아니었다.

특히 젊은이들에게 간절한 목소리로 호소하고 싶다. 부디 큰 눈을 떠라. 넓게 둘러보고 높이 쳐다보고 멀리 내다봐라. 좁고 척박한 이스라엘 땅에 살았지만 가장 높이, 가장 멀리, 가장 넓게, 가장 깊이 바라본, 아니 창세에서 영원까지 바라본 예수 그리스도 같은 젊은이도 있었다는 것을 참고해도 좋다. 사는 땅의 넓이와 사물−세계−삶을 바라보는 시야의 넓이는 결코 비례하지 않는다. 안식년으로 중국에 간다니 더러는 나더러 늦은 나이에 사서 고생이라고 웃었지만, 나는 지금 조금이라도 시야를 넓혀보고자 지금 이곳 대륙의 심장 베이징에 와 있다. 세상이 조금은 더 넓게 보인다.

외국인

베이징에서 한국의 뉴스를 살펴보다가 '인구절벽'에 관한 기사를 읽게 되었다. 미국의 신용평가기관들도 한국의 인구 감소를 한국경제의 위험요인으로 지적하는 모양이다. 우연이지만 며칠 전엔 같은 화면에서 일본의 뉴스를 살펴보다가 '외국인 노동자'에 대한 규제철폐 기사를 읽게 되었다. 근대화 이후 우리보다 조금 미리 달려온 일본도 비슷한 문제를 안고 있는 모양이다. (일본으로의 인력송출회사가 엄청난 고수익을 올리고 있다는 이야기도 들었다.) 이곳 중국도 같은 문제로 그 유명한 '1자녀 정책'을 수년 전 폐기했다. 그래도 쉽게 인구증가로 이어지지는 않고 있는 모양이다. 이러다 보니 산업생산을 위해 (그리고 다른 여러 가지 이유로) 외국인의 유입은 불가피한 현실이 된 듯하다. 한국도, 중국도, 일본도 정주 외국인이 넘쳐난다.

이런저런 연유로 태어난 조국을 떠나 외국에서 삶을 살게 되는 건 인류사의 한 보편적인 현상이다. 당장 떠오르는 사례만 해도 신라를 떠나 당에서 살았던 최치원, 조선을 떠나 일본에서 살게 된 심수관, 인도를 떠나 가야에서 살게 된 허황후, 페르시아를 떠나 신라에서 살게 된 처용, 중국을 떠나 미국에서 살게 된 린위탕, 그리고 영화에도 나오는 수많은 초기 이민자들, 일본을 떠나 미국에서 살게 된 혼다 의원, 한국에서 살게 된 호사카 교수, 그리고 일일이 손꼽기도 힘든 저 베트남, 필리핀 출신의 결혼 이주민들 … 참 많기도 하다.

그런데 이들을 대하는 이른바 '원주민'들의 태도에는 여러 가지가 있다. 우선 선대와 박대가 있다. 선대 내지 환대는 당연히 긍정적이다. 그런데 이 '박대'가 문제다. 이건 윤리적인 문제가 된다. '그들'의 '사정'이라는 것이 고려되지 않는 것이다. 그 무고려가 무배려로, 무례로, 차별로 이어진다. 무고려의 바탕에는 무사려와 오만이 있다. (나는 그런 것을 '저질'로 친다.) 가장 대표적으로는 재일 한국인에 대한 일본 우익들의 혐한적 '차별'이 있다. 지금은 어떤지 모르겠으나 예전에는 우리 사회에서도 '화교'들에 대한 은근한 차별이 있었던 모양이다. 여러 화교들로부터 그런 이야기를 들은 적이 있다. 일본인 자녀들도 마찬가지다. 대표적인 게 '쪽바리'라는 놀림과 왕따다. 심지어 최근에는 탈북민에 대한 국내의 '차별'도 심심치 않게 듣게 된다. 같은 민족인 우리끼리 이런다는 건 정말 가슴 아픈 일이다. 그들은 애당초 외국인이 아니다.

　그런 점에선 한국사회도 일본사회도 반성하지 않으면 안 된다. 그런 차별행위가 원천적으로 비윤리적이기 때문이다. 중국사회가 어떤지는 오래 살아보지 않아 아직 잘 모르겠다. 아마 없지는 않을 것이다. 그러나 아직은, 내가 외국인이기에 느끼는 부당하고 불쾌한 차별 같은 건 별로 없었다. 워낙 외국인이 많아서 그런 걸까? 일본과 독일에선 몇 번 저질인 인간들로부터 그런 불쾌한 대우를 당한 적이 있다. 중국은 좀 다르기를 기대한다. 내 친구 K는 이곳에서 20년을 넘게 살았다. 그리고 이곳에서 교수생활을 하고 있다. 내가 오래 산 일본에서 그 친구처럼 살기는 쉽지 않다. 최소한 그 점에서는 중국이 일본보다 좀 나아 보인다. 또 내가 아는 지인 Y는 이곳 국영기업체의 고급간부로 일하고 있다. 그것도 일본이라면 쉽지 않은 일이다. "전 중국인 직원들을 휘하에 거느리는 엄청난 중역인데…" 하고 말하니 그분은 쑥스러워하시며 "그런 타이틀이라도 달아줘야 사람들이 말을 들을 테니 달아준 거겠죠…"라고 몸을 낮추셨다. 중국인 특유의 어떤 사업적인 계산이 있는지는 모르겠지만, 지금 내 주변의 많은 지인들은 큰 '차별' 없이 이곳에서 활동을 하고 있는 것 같다. 그것이 부디 중국의 '품격'이기를 나는 기대해 마지않는다. 중국의 그런 '다름'이 만일 사실이라면, 그렇다면 그건 우리가 이들에게서 배워야 할 점이 아닐 수 없다. 어차피 우리도 외국 출신의 이민자들과 더불어, 그들의 기여로 한국의 미래를 꾸려갈 수밖에 없을 테니까.

(주변의 한 지인과 이런 대화를 하다가 그분이 "이제 앞으로는 국경이 없는 세상이 도래할 것 같다"라는 말을 했다. 기업과 K-pop 같은 현상을 예로 들었다. 하긴 우리의 삼성만 하더라도 외국인 주주들을 생각하면 사실상 다국적 기업이 아니던가. BTS도 전 세계의 '아미'들을 국적 없이 거느리고 있다. 만일 미래가 정말 그렇다면 그건 바람직한 일이다. 물론 국가 자체가 없어지는 일이야 없겠지만, 아닌 게 아니라 사람에게 '국가'의 경계는 가변적이다. 그걸 실감한 일이 있었다.

우연한 인연으로 베이징대와 칭화대의 이른바 '조선족' 학생들에게 특강을 하게 되었다. 분위기는 너무너무 좋았다. 특강의 주제는 '인재'의 의미에 관한 것이었지만, 질의응답은 제한없이 온갖 화제를 넘나들었다. 서양철학 전공자인 내가 동양철학인 공자—노자를 연구한다고 해서 그런지 관련된 질문이 많아 아는 대로 그 핵심을 설명해주었다. 그러자 한 학생이 "솔직히 공자—노자에 대해 잘 몰랐었는데, '우리 중국'에 서방철학을 능가하는 그런 훌륭한 철학이 있는지 처음 알았다. 한국 교수님에게 그런 이야기를 들어서 특히 인상적이었다."라는 취지의 발언을 했다. 순간, 조금 당황스러웠다.

한국어가 너무나 자연스러워 나는 그들이 당연히 '우리 학생'이라 생각했는데, 그들은 '우리 중국'이라고 스스로를 인식하고 있는 것이다. 하긴 그들은 공식적으로 중국공민이니 당연한 말이었다. '국가'란 그렇게 엄정한 틀인 것이다. 그들도 그렇게 중국인으로 살게 된 조선인인 것이다. 외국인을 박대하지 말아야 할 또 하나의 이유를 그들에게서 느꼈다.)

정치

베이징 한인타운 왕징(望京)에서 한 한국인 모임이 있었다. 이런저런 이야기를 나누다가 한 분이 "우리나라 한류가 잘나가고 있는데 그 이유가 뭔지 아세요?" 하고 뜬금없는 질문을 했다. "삼국지 위지 동이전에 동이족은 음주가무에 능하다… 그런 게 있는 걸 보면 그때부터 이미 우리 민족의 DNA에 그런 예능소질이 있나 보죠." 누군가가 그렇게 대응했다. 그랬더니 질문을 한 분이 웃으며 "그런 교과서적인 정답 말구요. 이건 난센스 퀴즙니다."라고 말했다. "뭐지?" "뭐지?" 다들 흥미로워하자 그분이 이렇게 말했다. "그건 정부 내에 한류 담당 부처가 없었기 때문이랍니다." "하하하." 다들 웃을 수밖에 없었다. 그 웃음의 맛이 좀 씁쓸했다.

국내의 온갖 문제들에 대한 원인진단에서 빠지지 않고 등장하는 것 중 하나가 '정치'다. "정치가 제대로 못해서"란다. 아니라고 반박할 수 있다면 얼마나 좋을까…, 가끔씩 그런 생각을 해보곤 한다. 정치인들로서는 아마 억울한 부분도 없지 않을 것이다.

아무튼 그게 며칠 전인데 오늘 아침 바이두에 보니 "'승리게이트' 배후의 한국정계, …"("胜利门"背后的韩国政坛, 就是一出黑幕不断的宫斗剧)라는 기사가 있었다. 한국 관련이라 대충 읽어보았다. 이른바 '승리 스캔들'을 필두로 역대 대통령들의 비극사와 재벌문제, 정경유착, 권력다툼 등을 소상하게 분석하면서 "한국 대통령은 세계에서 가장 위험한 직업", "한국정치는 미국의 제약과 영향을 상당히 크게 받는다"(韩国政治受到美国的制约和影响相当之大, 在很多层面上, 得看美国爸爸的脸色行事) 같은 코멘트도 달았다. 한국을 어떻게 보는가 하는 중국의 시각이 느껴졌다. 마음이 불편했다. 안에서야 무슨 소리를 못하랴만 외국인에게 이런 소리를 들으면 불편하지 않을 수가 없다. 그런데 그 아래 달린 댓글 중에 이런 것도 있었다. "기사 중에 한국은 발달한 선진국이라는 말이 있는데 어디가 발달했어? 뭐가 발달했어? 어떻게 발달했어?" 댓글이라는 게 원래 그냥 기분대로 막 쓰는 거긴 하지만 아마 나만 불편한 건 아닐 것이다. "세상 어디나 마찬가지", "미국도 똑같아", "[중국도] 오십보백보", "한국은 IT 강국" 등의 댓글도 있었지만 별 위로가 되진 않았다.

젊었을 때는 잘 모르기도 했거니와 별 관심도 없었는데 나이가 들수록 '정치'와 '경제'의 중요성을 깨닫게 된다. 인간은 현실 속에서 살 수밖에 없으며 그 현실을 움직이는 가장 큰 동력이 정치와 경제이기 때문이다. 그런데 경제조차도 정치에 의해 좌우되니 정치가 중요하지 않을 수 없는 것이다. 공자와 플라톤 같은 대철인들이 정치를 평생의 주제로 삼은 것도 그런 인식에 기초한다.

그러나 중요성을 깨달았다고 일개 학자가 정치와 경제를 어떻게 할 수는 없다. 하지만 한국정치에 대해 조언할 말이 없는 것은 아니다. 미시적인 것도 많고 거시적인 것도 많다. 나는 최소한 한국 정치인들이 공자와 플라톤의 정치철학을 좀 공부했으면 좋겠다. 포퍼나 롤스까지 한다면 더 좋고 마르크스나 요나스까지 한다면 더더 좋다. 그러면서 "어떻게 하면 진정으로 '좋은' 국가와 국민을 만들 수 있는가?" 하는 본분에 더 많은 제대로 된 고민을 해주면 좋겠다. 그렇게 해서 많은 국민들이 걱정하는 한국정치의 문제들을 털어낼 수 있으면 좋겠다. 그러면 중국 언론의 조롱도 아마 자연히 사라질 것이다.

대안은 무수히 많지만 우선은 분열주의와 파당주의를, 그리고 사익주의를 극복하고, 국가와 국민의 공공적 '선'을 위해 (여야, 좌우를 불문하고) 역량을 모으고, 적임자를 보다 적재적소에 앉히는 게 필요해 보인다. 그것만 해도, 선진국은 훨씬 가까워진다. 그런 것이 내가 기대하고 또 기대하는 '국가의 품격'이다 '질, 급, 격, 수준'이다. 그걸 올리지 않으면 우리는 앞으로도 계속 국제사회의 조롱을 들어야 할지도 모른다. "어디가 선진국이야? 뭐가 선진국이야? 어떻게 선진국이야?" 14억 분의 1이 한 말이지만 가슴이 아프다. 1인당 국민소득이 3만 달러를 넘었다고 좋아하지 말자. 정치에 종사하는 사람이라면 그 3만 달러가 지금 누구에게 얼마나 돌아가 있으며 무엇보다 '어떻게' 만들어진 것인지, 그 구조 같은 것도 들여다보지 않으면 안 된다. 무엇보다 그 3만 달러가 정의로운 것인지 어떤지, 그 성격 같은 것도 들여다보지 않으면 안 된다. 정치가 해야 할 일은 너무나 많다. 국민들은 그들이 그런 본분에 충실해주기를 무엇보다도 기대한다. 바로 거기에 국가의 격과, 그리고 민생을 포함한 국민들의 행복이 묶여 있기 때문이다.

공공질서

주말에 몇몇 한국 지인들과 어울려 베이징 교외의 샹샨(香山)으로 산행을 했다. 마침 날씨도 좋고 공기도 맑아 즐거움은 배가 되었다. 무엇보다 멤버가 좋은 분들이라 가장 좋았다. 사장, 변호사, 교수, 사진가, 피디 등 직업도 다양했고 30대에서 70대까지 연령층도 다양했다. 살아온 내력도 다 달랐다. 그런데 몇 가지 공통점이 있었다. 모두들 도전적으로 삶을 살고 있다는 것, 전 세계를 삶의 무대로 설정하고 있다는 것, 역량이 뛰어나다는 것, 인품이 훌륭하다는 것, 그리고 무엇보다도 한국에 대한 애국심이 넘쳐난다는 것이다.

산 정상에서 둘러앉아 준비해온 간식과 음료를 나누며 많은 대화가 오고갔다. 대화의 상당 부분이 나라 걱정, 특히 한국정치에 대한 걱정이었다. "바깥에 나와 살다 보니 나도 모르게 애국자가 되는 것 같더라고요." 한 분이 웃으며 말했다. 예전 미국 보스턴에 잠시 살 때가 생각났다. 그때 고교 동창들을 만나러 뉴욕에 간 적이 있었다. 찻집에 둘러앉아 역시 많은 이야기들을 나누었는데 그때도 대화의 상당 부분이 나라 걱정, 특히 한국정치에 대한 걱정이었다. 그중 한 친구는 미국에 건너간 지 40년이 넘은 영주권자였는데 국내 사정을 나보다 더 잘 알고 있었다. 그 친구도 열을 올리며 국내정치의 무능과 부패를 질타했었다. 일행에게 그 이야기를 해줬더니, "여기 베이징 사는 분들도 다 그래요." 하며 웃었다. 이 애국심에 제발 한국 정치인들의 응답이 좀 있었으면 좋겠다고 느꼈다. (한국 최고의 고소득 직종이 국회의원이라는 기사["평균소득(연봉) 국회의원이 1위… 성형외과 의사, CEO보다 많아"] 그런 것 말고.)

그중 젊은 사장 한 분은 "중국 친구들이 그런 한국정치를 입에 올릴 때는 굉장히 속이 상해요. 얘네들은 깊이 사귀다 보면 은근히 한국이 옛날 자기네 속국이었다는 그런 의식이 밑바탕에 깔려 있는 것 같은 느낌을 받을 때가 많아요. 강릉 단오가 유네스코 세계문화유산에 등록되었을 때는 아주 난리도 아니었어요. 실은 자기들도 별 의식 없이 지냈는데 한국이 그렇게 하니까 감히 자기네 걸 뺏어갔다고 성토도 하고, 그 일 이후 단오를 특별히 챙기기도 하고 그러더라니까요…. 중국 친구들한테 제가 직접 항의를 받기도 했었어요. 얘네들도 한국이 잘나가는 건 싫다는 거죠. 그럴수록 한국정치가 좀 잘해줬으면 좋겠다고 생각하게 돼요." 그런 취지로 한참 열변을 토했다. 나는 늘 하듯이, "우리가 그런 중국에게 제대로 대접받으려면 '질적인 고급국가'로 방향을 잡지 않으면 다른 길은 없어요. 특히 최소한 일본을 능가하는 고급국가…." 그렇게 응답했다. 그건 나의 확고한 소신이다. 그것 말고 우리에게 달리 무슨 길이 있겠는가. 어쩌고저쩌고 말들은 많지만 나는 삼성과 BTS가 좋은 모델 케이스라고 생각한다. 미국과 유럽과 일본을 능가하는 '세계 최고의 수준', 그게 우리가 지향할 방향인 것이다. 모든 분야에서. 그렇게 '한국'이라는 브랜드의 이미지를 바꿔나가지 않으면 안 된다. 그러면 이른바 '코리아 디스카운트'도 자연히 사라진다. 한국은 규모가 아주 크지도 작지도 않아 노력만 하면 얼마든지 가능한 일이다. 지난 60년간 우린 그게 가능하다는 걸 실제로 조금씩 보여줬다. 경제에서, 민주주의에서, 그리고 문화에서. 중국도 그런 건 두려워한다. 그래서 경계도 한다.

한드 〈별에서 온 그대〉는 아주 이례적으로 중국 고위정치 무대에서 공식적으로 언급된 적이 있다고 했다. 거기 나오는 소위 '치맥'이 닭고기 소비를 촉발하면서 조류독감으로 어려웠던 중국의 내수경제를 살리는 데 크게 이바지했다는 것이다. 그것처럼 경제적 이윤창출로 이어지는 문화산업을 육성하라는 정치적 촉구였다고 한다. 대통령 탄핵 같은 뉴스는 논평 없이 아주 교묘하게 포장해서 그 혼란상만을 보도한다고도 했다. 최근의 궁중사극 금지령도 한류의 영향과 연결되어 있다고 그 분야 전문가 한 분이 분석해줬다. 그리고 역시 최근의 일인 연길 축구단의 해체도 비슷한 맥락이라고 했다. 시골의 조그마한 도시인 연길의 구단이 1부 리그로 올라가는 등 두각을 나타내며 조선족이 자긍심을 갖게 되고 더욱이 한국인 감독을 영입하자 '세금미납'을 이유로 아예 구단을 해체시켜버렸다는 것이다. 역시 한국에 대한 경계로 해석될 수 있는 부분이다. 오직 그런 '수준'만이 중국의 관심을 끌게 된다. 그렇지 못하면 우리는 앞으로도 계속 '예전의 속국' 이미지를 벗어나지 못할 것이다.

즐거운 산행이 끝나고 귀로에 교외선 전철을 탔다. 문이 열리고 사람들이 우르르 내리는데 타려는 사람들이 자리를 차지하려고 먼저 우르르 올라탔다. 극심한 혼잡. 타기도 내리기도 힘들었다. 시끌벅적 와자지껄. 작은 아비규환이었다. 출구에서도 빠져나가는 데 한참 줄을 서야 했다. 내리는 사람들은 수백 명인데 출구는 대여섯 개뿐이었다. 일행 중 한 원로 사장님이 말했다. "이런 걸 보면 좀 안심이 돼요. 중국이 어쩌고저쩌고 하지만 '니들은 아직 멀었다', 그런 생각이 들거든요. 허허허." 수요예측도 제대로 안 돼 있고 공공질서도 개판이고…, 우리는 그래도 승차질서를 비교적 잘 지키는 편이 아닌가.

그래도 안심은 하지 말자. 중국인들도 가만히 있지는 않는다. 거리엔 "문명복장(着裝)", "문명질서", "문명생활의 베이징인" 등 '문명'이라는 구호가 넘쳐나고 있다. 교양 내지 공공질서에 대한 이들 식의 강조다. 동네에 도착해 횡단보도에서 신호를 기다리는데 한 아가씨가 무단횡단을 시도했다. (어디서나 보이는 흔한 광경이다.) 그런데 역시 어디에나 배치되어 있는 완장 찬 교통지도원이 "빨간 신호가 안 보이느냐, 위험하지 않느냐"고 소리를 빽 지르면서 훈계를 했다. 아가씨는 무안한 표정으로 되돌아와 파란 신호를 기다렸다. 사람이란, 사회란 그러면서 조금씩 변해가는 것이다. 우리도 불과 얼마 전 그러했듯이. 나의 이런 '21세기 신 계몽주의'도 그래서 아마 헛수고는 아닐 것이다. 사람들이 읽어주기만 한다면. 그렇게 조금씩 질적인 고급국가로 나아가기를 나는 오늘도 기대한다. 바다 건너 이곳 중국 땅 베이징에서.

공원

베이징 생활이 어느 정도 안정되면서 생활 패턴 같은 것이 생겨났다. 오전에는 집필작업을 하고 오후에는 가능하면 나가서 걷기로 작정한 것이다. 그러면서 한 가지 느낀 것이 있다. 베이징에는 공원이 많다는 것이다. 지금까지 가본 것만 해도 원명원, 이화원, 천단공원, 지단공원, 일단공원, 향산공원, 올림픽(삼림)공원, 동승팔가교야공원, 래광영공원, 십찰해공원, 경산공원, 북해공원, 옥연담공원, 북경대관원, 용담공원, 원토성유지공원, 자죽원공원, 청년호공원, 류음공원, 조양공원, 장부공원 등이다. 성격이 조금씩 다르기는 하다. 광대한 황실 별궁도 있고, 소박한 동네공원도 있다. 베이징대와 칭화대 안에도 상당한 규모의 공원이 있다. 무척 예쁘다. 나는 개인적으로 산책을 즐길 수 있는 이런 공원들을 엄청 좋아하는 편이다. 공원은 개인이 아닌 대중들을 위한 공간이라는 점에서 그 존재 자체가 민주적이며, 아름다움을 전제로 한다는 점에서 미학적이며, 이용자의 건강을 배려한다는 점에서 윤리적이다.

도쿄에 살 때는 우에노공원, 이노카시라공원, 히비야공원, 리쿠기엔, 진구가이엔, 그리고 메이지진구를 비롯한 수많은 신사들 등을 걸으며 즐겼었고, 하이델베르크와 프라이부르크에 살 때는 공동묘지를 비롯해 사실상 도시 전체가 공원이었고, 보스턴에 살 때는 보스턴 커먼, 보스턴 퍼블릭가든, 찰스강 강변공원, 그리고 무엇보다도 커먼웰스 애비뉴 공원거리를 즐겼었다. 그런 산책이 심신의 건강에 얼마나 크게 기여하는지는 요즘, 세상 누구나가 다 아는 상식이 되어 있다. 공원은 그 가장 좋은 기반이 되는 것이니 그것이 도시의 크나큰 자산임은 부인할 수 없다. 그 양과 질이 도시의 수준을 결정하는 중요한 한 지표라고도 나는 생각한다.

한국의 대표도시인 서울에도 공원은 많다. 여의도, 반포, 잠실, 뚝섬, 용산, 상암 등지의 한강공원을 비롯해 고궁들, 효창공원, 파고다공원, 올림픽공원, 월드컵 평화공원, 하늘공원, 노을공원, 선유도공원, 서울숲 … 등이 떠오른다. 나는 이 공원들도 엄청 사랑하는 편이다. 그런데 한 가지 욕심을 내자면 이 공원들의 질적 수준을 좀 올렸으면 하는 게 있다. 관광객들이 일부러 찾아올 만한 그런 무언가가 좀 부족한 것이다. 고궁을 제외하면 '딱 봐도 한국!' 그런 건축물이나 시설물이 없다. 그런 '분위기'도 없다. 베이징처럼 꼭 100년 넘은 가게들이 거기 없어도 상관없다. 만들면 되는 것이다. 지금 만들어 100년이 지나면 그게 유산이 된다. 여의도 샛강공원도 베네치아처럼 만들면 된다. 거기 물이 흐르고 배를 띄우고 그 연변에 고색창연한 전통건축의 가게들이 즐비한 모습을 상상해보라. 외국 관광객들이 반드시 찾는 코스가 될 것이다. 지금 우리에게 돈이 없는 건 아니다. 마인드가 없는 게 문제인 것이다. 서울시의 막대한 예산을 공원사업에 투입하라고 나는 권하고 싶다. 관광명소가 되면 그 원금은 회수되고도 남을 것이다. 기막힌 위치에 자리한 노들섬 같은 것을 세계적인 고급 공원으로 (이를테면 제네바의 루소 섬처럼) 만들지 못한 것은 너무나 큰 아쉬움이다.

다른 건 몰라도 그 스케일 하나만은 베이징에서 배울 게 있다고 나는 느꼈다. 어느 공원도 걸어보면 거의 반나절 코스다. 제대로 즐기려면 공원 하나에 하루는 필요하다. 올림픽공원도 저쪽 끝이 잘 안 보일 정도로 까마득하다. 심지어 그 북쪽 끝은 삼림공원과 연결돼 있어 걷자면 하루로는 부족할 정도다. 도심 한복판의 북해공원과 십찰해공원도 거대한 자금성의 한 세 배는 될 것이다. 호수에 바다 해(海)자를 붙인 이들의 허풍은 귀엽게 봐줄 만하다. 그만큼 넓다. 이 국제도시 한복판 자금성 바로 옆에 이만한 크기의 호수공원이 있다는 건 이들이 자랑해도 좋을 성싶다. 서울엔 그런 공간이 없지만 그 대신 베이징에는 없는 한강이 서울엔 있다. 그걸 꾸미면 베이징을 능가하는 명소가 될 수 있다. 서울시는 왜 그런 걸 하지 않는가. 600년 도읍의 역사도시가 아니던가. 조선시대야 중국의 눈치를 보느라 이들보다 더 크게 뭘 할 수는 없었다 쳐도 지금은 마음만 먹으면 중국의 몇 배를 해도 상관없다. 하남에서 인천까지 아예 한강변 전체를 전통식 공원으로 조성해보면 어떨까. 나는 오늘 십찰해공원에서 만났던 그 많은 서양 관광객들이 며칠 후 서울에 가서 그 공원을 걸으며 "와우, 여기가 베이징보다 더 낫네!" 하는 그런 소리를 언젠가 한번 들어보고 싶다. 마인드를 키우자. 지금 당장이 어렵다면 조금씩 해서 100년 후에 그것을 완성하면 된다. 더디 가는 그런 철학은 저 스페인의 가우디에게 배우면 된다.

상류에서 하류까지, 지역마다 테마가 다른, 끝도 없는 한강의 전통식 공원, 상상만 해도 가슴이 즐거워진다. 아니 두 다리가 이미 설레고 있다.

함께

베이징에서 지하철을 타고 다니다 보니 광고판에서 '一起聚'(이치쥐)라는 게 자주 눈에 띈다. 특별한 준비 없이 무작정 온 터라 아직 중국어에 익숙하지 않아 이런 낯선 말들이 눈길을 끄는 편이다. 현대 중국어도 엄청나게 많은 단어들을 우리와 공유하지만, 그렇지 않은 중국만의 표현들이 더 많다. (일본의 경우보다 더 많다.) '국가', '철학', '대학', '공원', '완성', '희망' 등등이 전자의 경우고, '拥挤'(용제: 혼잡), '付款'(부관: 결제), '订购'(정구: 주문), '公交车'(공교차: 버스), '结账'(결장: 계산), '毕业'(필업: 졸업) 등등이 후자의 경우다. '一起'(이치: 함께, 같이)라는 것도 후자에 해당한다.

'이치쥐'라는 이 회사가 어떤 곳인지 아직 잘 모르지만 '함께 모인다'는 이 표현 자체가 왠지 내 가슴에 와 닿았다. 평범한 이 말에 뭔가 중국적인 특징이 담겨 있는 듯한 느낌이

들어서다. 중국인들이 이걸 상대적으로 좀 잘하는 편이다. 중국에서 오랜 기간 사업을 해온 BKBN의 회원들도 이 점을 확인해줬다.

미국 보스턴에서 지내고 있을 때, 고등학교 동창들을 만나러 뉴욕의 플러싱에 간 적이 있었다. 맨해튼에서 한 30분 떨어진 교외다. 한인타운이다. 그런데 거기서 친구들에게 이런 이야기를 들었다. 맨해튼이 워낙 집값이 비싸 한인들이 하나씩 둘씩 상대적으로 저렴한 이곳에 와 타운을 개척했는데, 지금은 역 앞 황금상권을 중국인들이 완전히 장악해버리고 정작 이곳을 개척한 한인들은 역에서 먼 안쪽으로 밀려나고 말았다는 것이다. 역 앞 노른자위는 사실상 차이나타운이 되었다고 했다. 어떻게 해서 그렇게 되었냐고 물어봤다. 간단했다. 사정이 똑같았던 중국인들도 외곽을 찾았는데 그들은 서로 공동출자를 해서 건물 자체를 아예 사버린다는 것이다. 혼자서는 도저히 불가능한 일을 '함께 모여서' 이루어낸다는 것이다. "아하!" 바로 이해가 되었다. '함께'가 '힘'이 되는 것이다. "그럼 한인들은?" 하고 물어보니까 그게 안 된다고 했다. 각자 자기가 잘났고 상대를 불신하기 때문에 알면서도 그게 안 된다는 것이다. 그 결과가 뺏기고 내몰리는 것이다. "거 참…" 안타까웠다.

이런 '이치'(함께)의 철학은 전 세계 화교들의 사업동력이라고도 했다. 서로 뭉치고 서로 도와주는 것이다. 그러면서 유대인들의 경우도 생각났다. 그들도 어떤 곳에 새로운 유대인이 들어오면 그곳 유대인 커뮤니티(공동체)의 원로들이 사업계획 등을 들어보고 가장 적절한 원로 밑에서 도제수업을 시킨 후 그 능력대로 사업을 시켜 자리잡게 도와준다는 것이다. 심지어 모두가 출자해 자금도 지원하고 나중에 성공한 후 회수한다는 것이다. 그게 타국에서 살아남는 그들의 성공비결이라고도 했다. 하버드에 있을 때 유대인 철학자인 힐러리 퍼트남의 강연회에서 그걸 실감한 적이 있었다. 그들의 응집력은 대단했다. 그 강연회장이었던 '하버드 힐렐'이라는 장소 자체가 그렇게 유대인 공동체에 의해 마련된 공간이라고도 했다.

그런 점에서는 일본인들도 자주 화제가 되고는 한다. 그들도 응집력은 알아주어야 한다. 여러 단계의 구심점들이 있고 (예전엔 '한슈'[藩主], '쇼군'[將軍]) 결국은 '텐노'(天皇)가 상징적인 '일본' 전체의 구심점이 된다고 했다. 그것을 중심으로 저들은 함께 잘 뭉친다. '텐노'를 건드리면 그들이 펄펄 뛰는 까닭도 거기에 있다. 그 응집의 핵을 건드리는 게 되기 때문이다. 혹자는 일본의 국가(國歌)가 이미 그런 뭉치기 기질을 보여준다고도 해석한다. "키미가요와 치요니 야치요니 사자레이시노 이와오도 나리테 코케노 무스마데"(君が代は千代に八千代にさざれ石の巖となりて苔のむすまで: 님의 세상은 천 년토록 팔천 년토록[천 년 팔천 년 영원토록] 조약

돌이 바위가 되어 이끼가 끼도록). 원래는 작자미상의 '와카' (和歌: 5-7-5-7-7인 한 줄짜리 정형시)인 이 국가에서 저들은 조약돌이 바위가 된다고 노래한다. 말도 안 되는 이야기지만 현실에서는 이게 가능해서 힘을 발하는 것이다. 이를테면 콘크리트가 바로 그런 것이다. 조약돌이 뭉쳐 바위가 된 그 단단한 콘크리트가 바로 일본이다.

그런데 이러한 정신이랄까 가치관은 사실 전매특허가 있는 것도 아니고 영원불변한 것도 아니다. '지재권'이 있는 것도 아니다. 그래서 우리도 이런 것들을 참고하지 않으면 안 되는 것이다. 이런 건 '베끼기'라도 좋고 '짝퉁'이라도 좋다. 좋게 말하면 '벤치마킹'을 해야 한다. 다 알다시피 중국도 그런 베끼기로 국력을 키워왔다. '함께 모이기', 특히 '힘을 모으기', 그게 중요한 과제의 하나임을 새삼 인식하지 않으면 안 된다. 단, 그게 '우리 편', '우리 패거리'에서 끝나서는 안 된다. 그 우리가 결국 '한국' 전체로까지 커지지 않으면 안 된다. 온갖 분열, 동서, 남북, 상하, 좌우, 전후, 원근, 노사, 남녀, 그 모든 가슴 아픈 분열을 넘어서 하나의 '한국'으로. '품격있는 선진국가'는 아마 그 이후에나 가능할 것이다. 분열은 그 길을 가로막는 가시덤불 혹은 바리케이트, 철조망, 장벽, 그런 것임을 깊이 깨닫지 않으면 안 된다.

무지와 오만

　돌이켜보니 나는 1980년대의 일본을 살아봤고, 1990년대의 유럽을 살아봤고, 2000년대의 미국을 살아봤고, 지금 2010년대의 중국을 살아보고 있는 중이다. 제가끔 좋은 장면들이 너무나도 많았다. 그러나 인간세상이란 게 당연히 그렇지만 어디든 좋은 면만이 있는 건 아니다. (또 변하기도 한다.) 내가 살아본 이 선진국들 그리고 대국들에도 나쁜 면이 없지 않았다. 물론 '나'의 입장에서 나쁘게 느껴진 면들이다.

　도쿄에서 살 때, 많은 재일교포 분들과 인연을 가졌었다. 그런데 그중 적지 않은 분들이 귀화해 일본 국적을 갖고 있었다. 사이가 깊어진 후 사정 이야기를 들어보니 알게 모르게 존재하는 '자이니치'(재일)에 대한 차별이 있었고 그게 힘들었다는 것이다. 요즘은 그게 공공연한 '혐한'으로까지 발전해 있다.

　프라이부르크에서 살 때 실제로 당한 이야기다. 거리를 걸어가고 있었는데 어떤 스킨헤드의 청년이 다가오더니 느닷없이 나를 향해 "외국인 꺼져라!"(Auslaender raus!) 하고 소리를 지르는 것이었다. 다행이라고 해야 할까, 위해를 가하지는 않고 곧바로 총총걸음으로 사라졌다. 그가 걸친 가죽점퍼의 어깨에는 나치의 '하켄크로이츠'가 그려져 있었다. 이른바 '네오나치'였을 것이다.

보스턴에서 살 때, 그 유명한 보스턴 폭탄 테러를 직접 경험했다. 직접 당한 것은 아니지만 바로 그날 그 사건의 아주 가까이에 있었고 그 사건 이후 도주한 범인이 체포되기까지 계엄령 같은 분위기 속에서 며칠을 긴장한 채 보냈었다. 결국은 아랍계에 대한 차별이 화근이었다. 흑인을 비롯한 유색인종에 대한 차별은 일상다반사였다.

지금 베이징에서 지내며 아직은 그런 일들을 겪지는 않고 있다. 그러나 미세먼지 문제를 둘러싼 공방에서 이쪽 정부 고위직 인사들의 태도나 관련기사의 댓글을 보면, 그리고 한국관련 뉴스의 반응들을 보면, 한국에 대한 노골적인 비하나 중화주의적 오만이 드러난다. 심지어 중국에게 뒤집어씌우지 말고 너희나 잘하라며 "까오리 빵즈"(高丽棒子 : '짱깨', '쪽발이'처럼 한국인에 대한 비하 표현) 같은 욕도 서슴지 않는다.

나는 이런 태도들이 그들의 우월함을 보여주는 것이 아니라 역으로 못남을 보여주며, 그리하여 그 나라의 격을 심하게 떨어뜨린다고 생각한다. 그들은 그 사실을 전혀 모른다. 모르니까 부끄러운 줄도 모르고 그런 짓을 하는 것이다. 그런 짓을 하는 '그들'의 태도에는 오만이 깔려 있다. 그들에게는 '나와 너'의 관계가 기본적으로 상하관계다. 나는 잘났고 너는 못났다. 그래서 상대를 깔본다. 그게 오만의 본질인 것이다. ('잘남'이 없는 '잘난 체') 그런 오만한 자들에게는 '잘남'과 '못남'에 대한, '나'에 대한 그리고 '너'에 대한, 이해 내지 인식이 결여돼 있다. 간단히 말해 가치에 대해 무지한 것이다. 이 무지에 기반한 오만이 온갖 위험을 초래한다. 철인 소크라테스를 죽음으로 내몬 저 아테네의 정치가–기술자–문인들의 그룹이 그 좋은 사례다. 무엇이 좋고 나쁜지, 잘나고 못난 건지 알지 못하는 것이다. 특히 차별의 대상이 어떤 인간인지에 대한 이해도 없고 무엇보다 자신이 어떤 인간인지에 대한 이해도 없다. 그들은 자신이 속한 기득권적 그룹(야마토, 아리안, 백인, 중화)에 적당히 묻어서, 상대가 어떤 존재인지 전혀 모르면서 함부로 비하하는 것이다.

인간관계에서, 그리고 국제관계에서, 이런 자기설정과 상대설정이 그 관계의 질을, 즉 좋고 나쁨을 결정한다. 그것은 윤리적인 것이고 따라서 그 설정 자체가 가치행위에 해당한다.

물론 한국 관련 기사에 악의적인 댓글을 다는 그런 사람들을 가지고 '중국인'을 논할 수는 없다. 중국에 아주 오래 산 지인 한 분이 말했다. "'중국인은…' 하고 말하는 것은 애당초 불가능합니다. 인구가 14억이고 지방에 따라 역사도 기질도 다 다릅니다. 한 성이 그냥 한 나라라고 봐야 합니다. 그런데 고약한 몇 사람이 하는 말과 행동을 보고 어떻게 '중국'을 판단하겠습니까." 지당하신 말씀이라고 느꼈다. 그건 아마도 저 일본과 미국과 유럽인들도 마찬가지일 것이다. 나도 겪어봤지만 그 나라들에도 너무나 많은 '좋은' 사람들이 살고 있었다. 그런 그들이 그 나라의 품격을 유지해주고 있었다. 여기서 내가 알게 된, 진선생, 장선생, 우선생, 왕여사, 린소저도, 창선생, 쉬선생, 두소저, 리소저도 다 그런 사람들이다. 우리 한국도 아마 대부분은 그런 사람들일 것이다. 그런 좋은, 훌륭한 한국인들의 얼굴이 무수히 많이 떠오른다. 그들은 결코 "까오리 빵즈"가 아니다.

문화의 힘

　여유시간에 바이두의 기사들을 뒤적거리다가 '홍루몽' (红楼梦)과 '임대옥'(林黛玉)이라는 글자에 눈이 번쩍 뜨였다. 내 중고등학생 시절 저 헤르만 헤세의 《데미안》 못지않게 좋아했던 작품과 그 주인공이기 때문이다. 내 청춘의 일부였다. 읽어보니 마치 논문을 방불케 하는 분석기사였다. 그녀의 거처였던 대관원 내 '소상관', 그 이름에 이미 그녀가 맞이한 죽음의 비밀이 감춰져 있었다는 둥 어떻다는 둥, 어떻게 보면 별 중요치도 않을 그냥 흥밋거리를 너무나도 진지하게 파헤치고 있었다. '한갓 소설이건만…' 그러나 이 작품에 대한 중국인들의 애착은 예사롭지가 않다. (그것에 관한 이른바 '홍학'[紅学]이 따로 있을 정도다. 베이징 시내엔 홍루몽의 배경인 '대관원'[大观园]도 테마파크로 조성돼 있다.) 조금 살펴보니 이 기사는 시리즈물 같았다. 작품의 또 한 축인 '설보채'에 관한 기사도 있었고, 주인공도 아닌 '가원춘',

'왕희봉'은 물론 별의별 주제가 다 있었다. 이 바이두의 기사 뿐만이 아니다. 1967년에 상영돼 엄청난 인기를 끌었던 홍콩 영화 〈스잔나〉(珊珊, Susanna)에서도 주인공 '리칭'(李菁)이 극중에서 연극 〈홍루몽〉의 임대옥 역을 연기하다가 그 죽음 장면에서 실제로 죽는 장면이 연출되었다. 그 영화를 보던 날 나는 나무나 가슴이 아파 잠을 잘 이루지 못했었다. 《홍루몽》은 그냥 영화 속 한 장면만이 아니라 그 자체가 수많은 영화로 만들어졌고 드라마로도 만들어졌다. 2010년의 〈신홍루몽〉은 특히 수작이라 그 전체 45편을 나도 홀린 듯이 시청했었다. 설보채 역의 배우 '리친'(李沁)은 워낙 예뻐 한국에서도 인기가 상당한 모양이다.

그런데 이 기사들을 보다가 문득 이런 생각이 들었다. '아하, 홍루몽이 중국 것이었구나.' 무슨 그런 당연한 이야기를…. 당연하지만 새삼 그런 생각이 든 이유는 그것이 처음부터 국경을 초월한 '나의 것'이었기 때문이다. 임대옥도 설보채도 가보옥도 모두 '나의 인물들'이었지 그 누구도 '중국인'이 아니었던 것이다. 이야기의 배경인 '금릉'도 굳이 중국 땅이 아니었다. 현지에서 그걸 다시 접하며 나는 이른바 '문화의 힘'을 다시 느꼈다. 아마 많은 이들에게 《삼국지》, 《서유기》, 《수호지》가 그럴 것이다.

중국문화가 우수하다는 선전이 아니다. 그 반대의 경우도 있다. 이른바 〈별그대〉나 〈태양의 후예〉 같은 한드도 중국에서 그 못지않은 인기를 누렸던 것 같다. 송송커플의 동영상(視頻)은 어쩌면 한국보다 이곳 중국에 더 많을지도 모를 정도다. 그들의 파경 소식도 한국 못지않게 떠들썩했다. 이곳 매체들에 등장하는 한국 관련 기사는 정치나 경제보다 연예 관련이 훨씬 더 많다. 중국에 오래 산 분들의 이야기를 들어보면 자리양보 같은 것도 예전엔 없었는데 한드의 유행 이후 조금씩 생겨나게 되었다고 한다. 한드의 영향이라는 것이다.

얼마 전 중국 당국이 이른바 '사극금지령'을 내렸을 때, 이곳에서 연예 관련 사업을 하는 한 한국 지인이 그 배경을 설명해줬다. "천편일률적인 우려먹기로는 발전이 없다. 다양한 방향에서 이익을 창출할 수 있는, 한국 드라마 같은 작품을 만들도록 노력하라"는 메시지가 그 조치에 포함되어 있다는 취지였다. "그럼 그쪽 분야에서도 중국이 곧 한국을 따라잡을 수도 있겠네요." 하고 아마추어다운 말을 했더니, "그건 아마 당분간 쉽지 않을 겁니다. 얘네들은 통제사회기 때문에 한국 같은 자유롭고 창조적인 발상이 원천적으로 불가능해요. 그러나 외국을 많이 접한 '링링허우'(00后: 2000년대 생)들이 성장해 주도세력이 되면 언젠가 그런 날이 올 수도 있겠죠." 하고 논평했다. 나는 고개를 끄덕였다.

때마침 BTS의 새 앨범 '페르소나'가 미국과 영국의 팝계를 또 석권했다는 소식이 들려왔다. 한 사람의 한국인으로서 솔직히 자랑스러웠다. 동방의 한 조그만 나라가 세계의 정상

을 차지한다는 것이 어디 쉬운 일인가. 그러나 이렇게 실제로 그게 가능한 경우가 있는 것이다. 그런 게 우리나라가 가야할 방향이다. 내가 거듭거듭 강조했던 '칼–돈–손–붓'의 그 붓이다. '문화의 힘'이다. 이런 분야에서는 우리도 세계를 석권할 수 있다. 수년 전 미국 보스턴에서 연구년을 보낼 때, 나를 포함한 한국인 두 명, 중국인 두 명, 일본인 두 명, 이렇게 6명이 '하버드 아시안 철학자 모임' 운운하며 어울려 논 적이 있었다. 그때 한 중국인 여학생이 신바람이 나서 〈별그대〉 이야기를 하던 장면이 떠오른다. "아니 그 재미있는 걸 아직 못 봤느냐"고 나를 책망하면서. 그건 이미 그녀의 것이었지 굳이 '한국'의 것이 아니었다. 일본을 휘어잡았던 저 〈후유소나〉(冬ソナ: 겨울연가)도 마찬가지였다. 문화는 그렇게 쉽게 국경을 뛰어넘는다. 국경이 아예 없다. 그쪽으로는 정말 인재도 많다. 그 수준도, 노래, 춤, 연기, 기획 할 것 없이, 압도적이다.

그런데…. 오늘도 한국의 매체들을 보면 연예계의 성추문과 마약 관련 기사가 넘쳐난다. 이건 아니지 않는가. 이런 건 이곳 중국에도 실시간으로 보도된다. 일부는 조롱도 한다. 부끄럽다. 내가 여기 베이징의 한 책상에서 이렇게 '품격'에 관한 글을 쓰고 있는 것도 그런 안타까운 '문제적 현실'이 있기 때문이다. 문세를 문제로 인식하고, '정의로운 인기'와 '정의로운 수익'을 그들이 유념해줬으면 좋겠다. SM이나

YG나 JYP 같은 데서 연습생들에게 노래와 춤이나 외국어뿐만 아니라 나 같은 철학자를 불러 가치교육을 좀 맡겨준다면 좋겠다. 문화도 품격을 갖추지 않으면 그 인기는 결국 거품과 같다. 나는 오래오래 이런 한국문화의 건투를 보고 싶다. 품격 있는, 수준 높은, 그런 한국문화의 건투를.

태도

'사진관 콤플렉스'라는 말을 예전에 들어본 적이 있다. 사진관에서 사진을 찍고 나면 그 사진이 어떻게 나왔을지 궁금해하는 심리를 그렇게 부른다는 것이었다. 자기의 얼굴에 관한, 특히 남의 눈에 비칠 자기의 얼굴에 관한 이런 관심은 자연스러운 것이다. "어떻게 보일까…" 아마 화장대 앞에 앉은 모든 여성들의 심중에도 이런 콤플렉스가 있을 것이다.

나는 이런 게 좀 있었으면, 제대로 좀 있었으면 하고 생각하는 편이다. 남의 시선을 전혀 신경 쓰지 않는 그런 '태도'가 더러 문제를 야기하는 경우도 있기 때문이다.

외국에 나오면 이런 심리가 더 예민하게 작용한다. 여기서는 '한국의 얼굴'이 어떻게 비칠까. 고울까 미울까…, 곱게 비쳤으면 좋겠다, 그런 기대심리가 있는 것이다.

그런데 이런 기대에 찬물을 끼얹는 기사를 하나 발견했다. 중국인들이 일상적으로 쉽게 접하는 '텅쉰신원(腾迅新闻)에 한국 모 여배우 관련 기사가 있기에 반가운 마음으로 읽어보았는데, 내용이 참으로 씁쓸했다. "그 태도가 오만방자해 중국 스태프들이 시중을 들 수가 없다"는 것이었다. 준비한 호텔의 급이 떨어진다며 고급호텔로 바꿔달라고 요구를 하고, 한밤중에 특정 매니큐어를 사오라고 요구를 하고, 호텔에 전신거울이 없다며 마련하라고 요구를 하고, 더구나 마시는 에비앙 광천수로 목욕을 했다는 등등이었다. 이런 폭로가 줄을 이었다. 그녀는 예전에도 이런 게 문제가 되어 예정되었던 인기사극의 여주인공 자리를 중국배우로 교체당했다고도 했다. 당시 공식적으로 발표된 여주 교체의 이유는 "중국 전통 사극의 주인공을 외국인이 연기하는 게 적절치 않다"는 것이었는데, 실제 이유는 그녀의 오만한 태도였다는 것이다.

물론 이 기사에는, "그 사실 여부를 확인할 수는 없다"는 단서도 달려 있었지만, 독자들은 이런 폭로를 사실대로 믿는 분위기였다. 100개가 넘는 댓글들을 대충 보니, 차마 제대로 읽을 수가 없었다. 우선 "바람이 없는데 풍랑이 일까"[아니 땐 굴뚝에 연기 나랴] 같은 점잖은 것부터, "빵즈" 같은 비하적 욕설까지. "고구려로 돌아가고 중국에 오지 마라!"는 둥 거칠고 사납기가 이루 말할 수 없었다. 물론 일부 중국인들의 국수적 오만방자함도 여기엔 표출돼 있다. 하지만 만일 실제로 이런 빌미를 제공했다면 그건 이 톱스타의 태도에 문제가 있다고 인정할 수밖에 없다. 그녀의 입장에선 중국이 자기를 그 자리에 올려준 너무나 고마운 고객일 것이다. 그런 그들의 심중을 헤아리지 않았다면 그건 분명히 문제다. 높이 올라갈수록 조심 또 조심해야 하는 것이 인간사회다. 그게 외국이라면 더욱 그렇다. 인기라는 것은 얻는 건 어려워도 잃는 건 한순간이다. (최영미의 시구 "꽃이 피는 건 힘들어도 지는 건 잠깐이더군…"은 참으로 진리다.) 특히 외국에 나오면 자신의 일거수일투족이 곧바로 '한국'의 이미지와 연결된다는 것을 명심하지 않으면 안 된다. 인기스타의 경우는 더욱 그렇다. 그녀의 소속사는 그런 걸 가르치지 않았던 걸까?

우리는 지면과 화면에 등장하는 수많은 '저명인사'들을 알고 있다. 그들도 사람인지라 그 태도도 정말 천차만별이다. 얼굴만 다른 게 아니다. 태도도 다 다르다. 어떤 사람은 겸손하고 어떤 사람은 오만하다. 나는 수도 없이 말해왔지만, 여기엔 자기 자신에 대한 위치 설정과 다른 사람에 대한 위치 설정이 그 바탕에서 작용한다. 자기를 '어디'에 두고 상대를 '어디'에 두느냐 하는 것이다. 오만은 본질적으로 자기를 '위'에다 두는 것이다. 겸손은 자기를 '아래'에다 두는 것이다. 오만은 무지와 연결되어 있다. 자기가 어떤 사람인지, 상대가 어떤 사람인지 실상을 모르고 있는 것이다. 바로 거기가 '부도덕' 혹은 '무례'의 시발점이다. 이른바 갑질의 출발점도 바로 거기다. 오만한 이들은 자기가 올라가는 줄 아는 그 길이 사실은 내려가는 길이라는 사실을 모르고 있다. 그 누구도 잘난 체하는 사람을 좋아하지 않는다. 반대로 겸손한 사람은 자기를 낮춤으로써 역으로 높이 받들어진다.

그녀의 관련기사를 읽으면서 자연스럽게 노자의 저 명언이 떠올랐다. 여긴 중국이니까.

"상선약수, 수선리만물이부쟁, 처중인지소오, 고기어도" (上善若水, 水善利萬物而不爭, 處衆人之所惡, 故幾於道: 참된 선은 물과 같다. 물은 만물을 잘 이롭게 하면서도 뭇사람이 싫어하는 [낮은] 곳에 처한다. 고로 도에 가깝다.)

도서관

베이징 외곽의 빈촌이었다가 재개발로 눈부신 발전을 이룬 '왕징'(望京). 한인타운으로 국내에도 비교적 잘 알려진 곳이다. 서울 강남과도 비슷한 그곳 업무지구에 배 모양의 멋진 포스코빌딩이 있고 그 3층 한켠에 '왕징 작은 도서관'이 있다. 이곳 관장님으로부터 '저자 특강'의 요청이 있어 그 내용 협의차 사전 방문을 했다. 동네도 빌딩도 도서관도 관장님도 아주 인상이 좋았다. 때마침 하늘이 맑았던 탓이었을까? 무엇보다 그 도서관의 존재 자체가 반가웠다. 교민들을 위한 조그만 동네 서점으로 출발해 숱한 고비를 겪었는데 포스코의 배려로 공간을 확보하면서 지금의 모습을 갖추게 되었다고 설명했다. 지사장의 이해와 지원이 결정적인 도움이 되었다고 했다. 대기업의 사회적 기여. 말로만 듣던 그것을 눈으로 확인하니 존경심이 우러나왔다. 교민들과 조선족 직원들의 이용률이 만만치 않다고 했다. 자원봉사자의 수만도

60명이 넘는다고 했다. 뭔가 흐뭇했다. 나는 일종의 재능기부로 기꺼이 그 특강을 수락했다. (고맙게도 그 특강은 성황리에 끝났다.)

관장님의 설명으로는, 중국에서 유튜브, 구글, 페이스북, 카카오톡, 다음 등등 접속이 차단된 게 많아 교민들이 그 '문화적 욕구'의 빈 자리를 이곳에서 채우는 편이라고 했다. 독서모임, 저자강연 등 여러 행사도 자주 갖고, 그 독후감을 엄선해 책으로 펴낸 것이 이미 6권이 넘는다고 했다. 신선했다.

돌아오면서 여러 생각들이 뇌리를 스쳐갔다. 아주 어린 시절, 처음 가본 고향의 시립 도서관에서 뭔가 묵직하고 엄숙한 분위기를 느끼며 숨을 죽인 채 《15소년 표류기》를 읽던 일, 중학교 때, 잠깐 '도서반' 활동을 하면서 반원들끼리 넓은 테이블에 둘러앉아 독후감을 발표하던 일, 고등학교 때, 도서실에서 시간 가는 줄도 모르고 《홍루몽》의 이야기에 빠져들었던 일, 대학교 때, 캠퍼스 한복판 언덕 위의 멋진 원형 도서관 건물에서 책을 잔뜩 쌓아놓고 졸업논문에 몰두하던 일, 유학시절, 육중한 분위기의 종합도서관에서 케케묵은 독일 원서들을 뒤적이던 일, 아이들이 어릴 때 도쿄의 동네 도서관에서 그림책을 읽어주던 일, 교수가 되어 에른스트 카시러의 철학이 함부르크 문화도서관에서 그 시사를 얻었다고 강의시간에 설명하던 일, 책도 짜장면처럼 연구실로 배달해

주면 좋겠다고 도서관장에게 건의하던 일, 좋아하던 《닥터 지바고》에서 유리와 라라가 유리아틴의 도서관에서 재회하던 일과 역시 좋아하던 《러브 스토리》에서 올리버와 제니퍼가 도서관에서 처음 만나는 것을 보며 멋진 배경이라고 고개를 끄덕이던 일 … 도서관과 얽힌 장면들이 참 많았다. 그 모든 장면들의 배경에 도서관이 있었다.

그런데 너무나 당연하기 때문일까? 우리는 그 도서관의 주인공이 '도서' 즉 '책'이라는 사실을 종종 잊고는 한다. 나의 경우, 삶 자체의 거의 절반이 책과 얽혀 있다고 해도 과언이 아니다. 지금까지의 삶 속에서 수백 권의 책을 사고 읽고, 그것으로 공부를 하고 시험을 치고 취직을 하고 강의를 하고 …, 그리고 하다 보니 30권에 가까운 책을 썼다. 나의 경우, 책이 없는 삶은 성립 불가능인 것이다. 지금, 이곳 베이징에서도 나는 책을 읽고 그리고 하루의 절반을 책을 '쓰며' 지내고 있다. 60대 중반의 이 나이에도. 이건 아마 나의 체력이 바닥날 때까지 계속될 것이다. 나의 가장 친한 친구 중 하나는 책을 만드는 출판사의 대표님이다. 그는 그렇게 한평생을 살았다. 내 지인의 자녀 한 사람은 도서관의 사서로 인생의 본론부를 살아가고 있다.

그런데 그 책이, 그 책의 공간인 도서관이, 지금 한국에서는 사람들의 시야 밖으로 밀려나고 있다. 글이 삶에서 멀어지고 있는 것이다. 출판사도 서점도 폐업의 위기로 내몰리고 있다. 글을 쓰는 이들은 제대로 돈을 벌지 못한다. 가장 가난한 직업이 시인이라는 보도도 있었다. "삐뽀삐뽀" 위험 경고 등을 켜지 않으면 안 된다. IT와 그 컨텐츠가 아무리 발달한다고 해도, 시대가 그쪽으로 가는 게 필연이라고 해도, 그것이 책의 역할을 대체하지는 못한다. 그런 것들이 우리의 정신세계를 차지하는 만큼 책의 자리는 좁아진다. 책의 내용들이 밀려나는 것이다. 그만큼 우리의 정신세계는 빈약해진다. 그런데 애당초 책이란 무엇인가. 그것은 온갖 사유의 보고다. 언어의 화원이다. 그 자체가 각각 하나의 세계들이다. 그래서 책은 문화의 정수라 할 수 있다. 인류의 진정한 위대함이 책 속에 있다. 성서, 불경, 논어를 비롯한 사서삼경, 플라톤, 셰익스피어, 괴테, 릴케, 톨스토이, 삼국지, 서유기, 수호지, 홍루몽 … 무궁무진의 언어들이 다 책 속에 있다. 내가 전공한 하이데거도 단 하나의 단어 '존재'에 관한 사유를 100권이 넘는 책에다 담았다. 그 무한의 사유세계, 그 재미난 이야기의 세계, 그 매력적인 시들의 세계 … 그게 다 책인 것이다. 그리고 … 그 책들이 다 도서관에 모여 있다. 그래서 도서관이란 위대한 공간인 것이다. 국회의사당보다도 법정보다도 더 위대한 공간인 것이다. 그 도서관이 한 사회의 격을 보여준다.

그러니 한 번쯤 점검해보자. 지금 우리 사회의 도서관은 어떠한가? 그것은 어디에 얼마나 어떤 모습으로 존재하고 있는가? 어떤 발걸음들이 그 도서관으로 향하고 있는가? 시험 공부를 위한 발걸음 말고. 자기를 위한, 정신을 위한, 그리고 삶을 위한, 세상을 위한, 그런 발걸음은 과연 얼마나 되는가? 이런 생각들을 하면서 나는 베이징 왕징의 '작은 도서관'에, 그리고 거기로 향하는 모든 발걸음들에게 큰 위로와 격려의 박수를 보내고 싶다. 베이징 왕징 포스코빌딩 3층, 거기에 그들이 있다.

역할

외국에서 한국인끼리 만나 조금 가까워진 뒤 이런저런 얘기를 나누다 보면 꼭 '나라 걱정'이 빠지지 않는다. 외국생활을 해본 사람은 다 알지만 그 '나라'가 곧 나의 이미지와 나의 삶의 본질적 조건이 되기 때문이다. 나의 자랑스러움과 부끄러움이, 그리고 이익과 손해가 모두 나라의 그것과 연동된다. 때로는 이것이, 때로는 저것이 활성화된다.

지금 이곳 베이징에서는? 마찬가지다. 다들 뭔가 바다 건너 조국에 대해 걱정이 많다. 무엇보다 공통적으로 입을 모으는 것은 정치와 교육과 언론이다.

정치가 과연 어떻기에? 정치에 종사하는 분들은 물론 각자 나름대로 나라를 위해 고민을 하며 동분서주하고 있겠지만, 국민들의 눈높이에는 한참 모자라 보인다. 그만큼 국민들의 의식수준이 높아진 것이다. 정책도 입법도 국민들의 아쉬운 부분을 제대로 채워주지 못한다. 그리고 무엇보다 정파들 간의 대립-갈등-다툼이 너무 심하다. 민주주의 사회에서 정당의 이념이 다른 것이야 당연한 기본이겠지만, 그 이견을 대화와 토론과 타협으로 풀기보다는 막말과 비난과 싸움이 우선하는 게 우리 정치의 현실이다. 성숙한 국민들은 이제 그런 데에 염증을 느끼고 있다. 특권을 내려놓고 정파의 이익보다 진정한 국익을 위해서 여야, 보혁이 머리를 맞대는 모습, 토론을 하는 모습, 손을 맞잡는 모습, 그런 모습을 국민들은 보고 싶은 것이다.

교육은? 얼마 전 화제가 됐던 모 교육 관련 드라마가 그 붕괴를 상징한다. 한국 성장의 핵심동력이었던 교육이 이젠 오히려 성장의 발목을 잡고 있는 형국이다. 전국의 모든 학교와 학생들이 일렬종대로 줄세워지고 그 선두의 극소수만이 '스카이캐슬' 같은 견고한 욕망의 성을 구축한다. 그 성에 입장을 거부당한 대다수는 이른바 '헬조선'에서 3포, 5포, n포, 다포 세대가 되어간다. 어떻게 보면 지금의 한국교육은 '인간'은 물론 '인재'에 대해서도 아예 관심이 없어 보인다.

베이징의 한 모임에서 어떤 분에게 '천 개의 퍼즐'에 관한 이야기를 들었다. 천 개의 조각을 갖는 퍼즐에서 어느 것이 가장 중요한 조각일까? 가운데? 가장자리? 테두리? 아니다. 천 개 모두라는 것이다. 그 천 개 중 어느 하나라도 없으면 그 퍼즐은 영원히 미완성이라는 것이다. 각각의 퍼즐 조각은 각각의 자리에서, 또 각각의 자리에서만 그 의미를 갖는다.

모두가 하늘(스카이)에 있을 수도 없고 있어서도 안 된다. 그래서는 그 퍼즐이 맞춰지지 않는다. 사람의 소질과 능력은 다 다르다. 과일가게에서는 과일을 팔아야 하고 생선가게에서는 생선을 팔아야 한다. 옷가게에서 약을 팔아서는 안 되고 식당에서 재판을 해서도 안 되는 것이다. 과일가게, 생선가게, 옷가게, 약국 … 다 있어야만 하는 곳이다. 오늘날 한국에서는 이 기본 중의 기본이 망각되고 있다. 직업의 편차, 소득의 편차를 줄이고 가치의 다양화, 다변화를 심각하게 고려하지 않으면 안 된다.

우리보다 문제가 적다 할 수 없는 중국이지만 대학교수와 택시기사의 소득수준이 한국과는 크게 다르다는 이야기를 들었다. 그렇다면 학생들이 기를 쓰고 무리해서 자기에게 맞지도 않는 교수의 길을 갈 필요도 없는 것이다. 의사, 판검사, 변호사도 마찬가지다. 하고 싶고 제대로 잘할 수 있는 사람이 그 일을 해야 한다. 우리는 그리고 우리의 학생들은 각자 자기 자리가 있는 퍼즐 조각들이다. 국가라는 5천만 개의 퍼즐도 그 어느 한 자리가 비어서는 완성품이 못 되는 것이다. 기업의 임원들이 사원들에 비해 천문학적인 보수를 받는 것도 결국은 사회적 불균형을 초래한다. 조세정의를 제대로 세운다면 어느 정도는 그 불균형을 바로잡을 수도 있을 것이다.

그럼 언론은? 신문, 방송의 붓과 입이 예전 같지 않음을 많은 사람들이 이야기한다. 서슬 퍼런 정론도, 물론 없진 않지만, 참으로 드물다. 젊은 세대들은 그나마 그런 신문도 아예 읽지를 않고 TV도 아예 보지를 않는다. 요상하고 얄팍한 이른바 SNS가 언론을 대신한다. 거기엔 대부분 신변잡기가 가득하고 때로는 품격 없는 배설적 언어들도 난무한다. 과시 아니면 비난…. 생각 있는 사람들은 아예 그 장을 경원하며 입을 닫는다. 점차 귀도 닫고 눈도 감는다. 인기 있는 유튜브와 넷플릭스가 언론의 역할을 대신하지도 못한다. 사람들은 그 지면과 화면에 드리워진 어두운 그림자를 잘 느끼지 못한다.

정치도 교육도 언론도 한 사회의 근간 중의 근간이다. 그게 흔들리면 나라의 기본도 흔들릴 수 있다. 경쟁국인 중국, 일본을 넘어 진정한 선진국의 깃발을 휘날리기에는 삼성, 엘지와 BTS만으로는 역부족이다. 천 개의 퍼즐이 모두 각각 제자리를 찾아가 꽂혀야 한다. 거기서 모두가 각자 제 역할을 제대로 해내야 한다. 무엇보다 우선 정치와 교육과 언론의 제자리 찾기가 급선무다.

이미지

저녁 시간에 휴식 겸 바이두를 뒤적이다가 "조감 2019 한국"이라는 동영상이 눈에 띄었다. '추천' 란에 커다랗게 올려져 있었으니 아마도 AI가 그동안의 내 검색 행위를 간파한 모양이다. 아무튼 반가운 마음에 재생해봤다. 서울부터 제주까지 전국 관광명소들을 공중촬영해 편집한 것이었다. 중국인이 찍은 건지 한국인이 찍은 건지는 좀 불분명했다. 완벽한 홍보물은 아니었지만 제법 멋있었다. 그런데 최근에 화려한 베이징의 이곳저곳을 돌아보아 비교가 된 탓인지, 아니면 혹 악의적인 편집이 있었는지, 중국에 비해 좀 초라한 느낌이 들기도 했다.

영상이 끝난 후 호기심에 댓글들을 살펴보았다. 이런 건 누구나 궁금해지는 법이다. 100개가 넘는 댓글이 달려 있었다. 그런데 이 댓글에서 자기네끼리 뭔가 공방이 벌어지고 있었다. 간단히 말해 칭찬파와 비난파가 갈려 있었다. 비난파의 어조랄까 논조는 요즘 한국의 그것과 거의 유사했다. 다분히 '배설적'이라는 느낌이 들었다. 당연히 '무논리'다. 게다가 근거 없는 중화주의적 오만과 멸시가 그 바탕에 깔려 있었다. 기억나는 대로 되짚어보면 "중국의 2선 도시 같은 느낌이다." "녹지화가 덜 돼 있다." "곳곳에 중국의 그림자가 보인다." "그래봤자 미국의 아들이다." "한국의 최대실수는 친미척중이다." … 기타 등등. 한편 칭찬파의 어조는 뜻밖에 호의적이었다. "발달국가[선진국]!" "인민들은 친절하고 소녀들은 예쁘다." "깔끔하고 청결하다." "조감은 어수선한데 거리에 가보면 깨끗하다." "부유한 나라!" "우리 중국은 한국에게 배울 게 많다." "우리 중국은 한국에 비하면 한참 멀었다." … 기타 등등. 그런데 이런 댓글엔 답글이 또 달려 있었다. "너 까오리[한국인의 비하]지? 빵즈![욕설] 한국으로 돌아가라. 안 말린다." "너 우리 상해 홍콩 마카오 선전에 가봤냐?" "선진국은 무슨 개뿔. 후진국이다." … 기타 등등.

이런 걸 접할 때마다 그렇지만 심경이 복잡했다. 호의적 글에는 흐뭇해지고 악의적 글에는 불쾌해진다. 그러나 애써 침착해지려 노력한다. 그러면 한국의 뭔가가 드러난다. 이들 중국인에게 비치는 한국의 '이미지'가 거기 있는 것이다. 그것은 이렇게 긍정적이기도 하고 부정적이기도 하다. 양면이 다 있다. 거기서 사실 한국의 브랜드 가치가 매겨진다. 요즘 같은 글로벌한 시대, 이 국가의 이미지 관리는 필수 중의 필수다. 그게 곧 경제로 이어지기도 하기 때문이다.

얼마 전, 이곳의 한 한국기업 사장님에게 그런 이야기를 들었다. 예전 한류의 인기가 절정이었을 때, 왕푸징(王府井: 서울 명동이나 강남 같은 곳)의 고급백화점에 들어가 보니 들어가자마자 눈에 띄는 1층 한가운데에 삼성과 엘지의 제품들이 전시되어 있더라는 것이다. 초창기엔 직원들 모두가 삼성 애니콜 휴대폰을 자랑스럽게 목에 걸고 다녔다고도 했다. 그런 분위기 속에서 다른 중소기업의 제품도 '한국제'이기에 덩달아 인기를 끌었다고 했다. 한마디로 '잘나갔다.'

그런데 이제 그런 시대가 지나갔다는 말이 여기저기서 들린다. 이곳 중국에서 한국의 이미지는 더 이상 그런 '고급'이 아니다. 중국이 그동안 향상된 탓도 있고 한국이 그동안 주춤한 탓도 있다. 이걸 다시 끌어올리는 게 그래서 한국의 과제가 된다.

참고로 일본의 경우는, 도대체 이미지 관리를 어떻게 했는지, "역사를 잊지 말자"는 말을 하면서도 의외로 비난이 적다. 기본적으로 그 '수준'을 인정하고 들어가는 분위기다. 비싸더라도 산다. 일본음식도 그렇다. 그만한 내실이 저들의 '고급' 이미지를 뒷받침해주는 것이다. 일본 최대의 관광 고객이 한국인과 중국인인 것도 그런 이미지와 관련이 있다. 그것은 유럽에서도 미국에서도 통한다.

우리는 과연 저들만큼 이 이미지 향상, 브랜드 가치 향상을 위해 노력하고 있는가. 중국은 기본적으로 규모와 역사와 자연을 갖고 있으니 그 누구도 무시할 수 없는 바탕이랄까 저력이 있다. '먹고 들어가는' 부분이 있는 것이다. 전국 방방곡곡이 관광자원이다. 게다가 의외로 개발도 잘돼 있다. 우리가 기댈 것은 오로지 노력밖에 없다. 실제로 적지 않은 사람들의 능력과 노력으로 그나마 중국인들의 저만큼의 호의적인 댓글이나마 확보한 것이다. 이 노력을 이어가지 않으면 안 된다. 거의 혁명적인 수준의 의식개혁을 하지 않으면 안 된다. 그것은 결국 정치적인 리더십과 국민 개개인의 질적 향상을 통해 이룰 수밖에 없다. 모든 것은 '인식'에서 출발한다. 지금 우리의 이미지가 어떤지, 외국이라는 거울에 그것이 어떻게 비치고 있는지 그것을 정확하게 알아야 한다.

우리는 아직 갈 길이 멀다. 우선 일본부터 넘어서야 한다. 그리고 유럽과 미국을 넘어선 세계 최고의 '고급'이 되어야 한다. 질적인 승부, '선진한국'의 방향은 오직 그것밖에 없다. 그것은 헛된 꿈이 아니다. '하면 된다.'

명소

5월이 되며 노동절 연휴를 맞았다. 한 주일 내내다. 베이징에서 사귄 지인 두 가족과 함께 꾸베이쉐이전(故北水镇)과 스마타이장성(司马台长城)을 다녀왔다. "베이징에 왔으니 장성은 한 번 봐야 할 텐데" 했더니 K가 기획을 해준 것이다. 너무너무 고마웠다. 그리고 실제로 가보니 너무너무 좋은 곳이었다. 익히 듣고 있었고 익히 알고 있었지만 '중국'이라는 것을 다시 생각하게 만들었다.

베이징 동북의 교외에 있는 고북수진은 3천 년도 더 된 역사를 가진 마을이라는데 인근 고북구에 비해서도 특별한 것이 없었지만, 누군가의 기획으로 마을을 싹 밀어버리고 지금과 같은 중국식 진통 수향마을을 건설한 뒤 사람들로 미어터지는 명소로 거듭났다고 한다. 마을 바로 뒤의 스마타이 장성과 연결한 것도 아마 성공비결 중의 하나였을 것이다. 두 명소를 한꺼번에 구경할 수 있으니까. 약 2조 원이 투입되었다던가? 방문객의 수를 보아하니 아마 조만간 그 건설비를 회수하고도 남을 것이다. 중국 각 지방의 다양한 전통식 건축물들, 베네치아를 능가하는 운치 있는 수로들, 다리들, 뱃놀이, 다양한 먹거리들, 술도가, 염색방, 심지어 온천, 경극을 비롯한 볼거리들이 여기저기에 산재해 있었다. 규모도 하루로는 다 못 다닐 만큼 작지 않았다. 게다가 그 배경으로 험준한 뒷산의 만리장성이 둘려져 있고, 더욱이 압권인 것은 화려한 야경. 인정할 수밖에 없는 명소였다.

얼마나 방문객이 많은지 원래 1시간여 거리인 그곳까지 무려 5시간이 걸렸다. 톨게이트에서 입구 주차장까지만 거의 1시간이 걸렸다. 장성 케이블카도 거의 1시간이나 줄을 섰다. 이 숫자들이 그 인기를 실감케 했다. 베이징에 돌아오니 거의 밤 2시였다. 평일이면 그 정도는 아니었겠지만 연휴였기에 오히려 그 인기를 실감할 수 있었다. 솔직히 좀, 아니 많이, 부러웠다. 그런 곳이 수도 인근에 있다는 게.

그 다음 날 바이두에 올라온 한 기사를 보니, 고북수진뿐만 아니라, 항주의 서호, 낙양, 서안, 소림사 등등 중국 전역이 아주 난리도 아니었다고 한다. 인구대국임도 다시 번 실감했다.

며칠이 지나 뒷풀이 겸 식사나 하자며 다시 모여 한인타운 '왕징' 근처의 '치쥬빠'(798)라는 곳으로 갔다. 원래 독일인 주거지의 창고거리였던 이곳에 예술인들이 하나둘 모여 작업실을 마련하면서 이젠 세계적인 예술타운으로 거듭났다고 했다. 정부의 전폭적인 지원이 있었다고 한다. 그 인기가 뉴욕의 소호(Soho)[10] 못지않다고 한다. 실제로 거리 전체가 젊은이들의 열기로 후끈했다. 여기저기서 포즈를 취하며 사진들을 찍기에 여념이 없었다. 또 하나의 명소였다.

그 풍경이 어쩔 수 없이 떠나온 서울과 겹쳐졌다. 왠지 용인의 민속촌과 홍대 앞이 연상되었다. 그 스케일의 차이 때문에 비교하기가 싫어졌다. 좀 자존심이 상하는 느낌, 초라함. 기획의 부재가 아쉬웠다. 나는 여러 차례 여기저기서 서라벌과 사비성의 재건을 외쳐왔다. 원래와 같을 필요는 전혀 없다. 짝퉁이라도 상관없다. 천 년이 지나면 새로 만든 그것이 진짜가 될 테니까. 창덕궁 앞에 조선 상가를 건설하자고도 외쳐왔다. 최소한 그 정도 규모는 되어야 외국 손님들에게 권할 거리가 될 수 있을 것이다. 문화사업과 관련된 정부 예산이 그렇게 쓰이는 건 좋은 일이다. 다른 건 다 차치하고서라도 그런 기획, 그런 스케일, 그런 안목은 중국을 참고할 만하다고 느꼈다.

밤 11시쯤 고북수진을 떠나 베이징 시내로 향할 때, 뒤돌아보니 마을 진체와 장성의 불빛이 화려하기 이를 데 없었

10) 'South of Houston', 즉 휴스턴가 남쪽부터 그랜드 스트리트에 이르는 장방형의 화랑 밀집 지역을 일컫는다.

다. 그 시간에도 마을로 진입하는 차량들은 북새통이었다. 일행 중 한 분이 농담처럼 한마디 했다. "얘네 들은 밤낮으로 아예 돈을 쓸어 담는구먼." 우리 인문학자들에겐 낯선 단어인 '관광산업'이라는 단어가 순간 뇌리를 스쳐가기도 했다. '일자리'라는 단어도 스쳐갔다. 문화와 경제는 그렇게 얽혀 있다. 정부에도 관련 부처가 있을 텐데 그들은 지금 도대체 뭘 하고 있는지 모르겠다. 할 수만 있다면 그 고북수진과 만리장성을 통째로 서울 인근에 옮겨다 놓고 싶었다. 치쥬빠 거리도.

포용

　베이징에 와서 알게 돼 친해진 L과 한 모임에서 이런저런 이야기를 나누다가 흥미로운 이야기를 들었다. 한 중국인 친구로부터 초대를 받았는데, 천안문 인근에 있는 그 친구 집이 무려 150칸이 넘는 고택이라고 했다. 그런데 좀 사연이 있었다. 그 중국인 친구의 부친은 모택동과 장개석의 국공내전 때 국민당 쪽 군대의 장군이었는데 국민당이 패망하고 대만으로 건너갈 때, 홀로 대륙에 남아 있다가 결국 공산당 군에게 처형을 당했다고 한다. 엄청난 거부였는데 그 재산도 모조리 몰수당했다고 한다. 그랬는데 후진타오 집권 때, 무슨 정치적 계산이었는지 그 후손들의 정치적 '금족'이 풀리고 그 재산도 '반환'이 되었다는 것이다. 초대받은 그 집이 바로 그 집이라 했다. 물론 당시 이른바 양안관계의 회복을 위한 정치적 고려가 당연히 작용한 것이겠지만, 그는 중국인들에게 우리와는 다른 통 큰 포용력이 없지 않다고 진단했다. 중국 전문가인 또 다른 지인 K는 그 말에 동조하면서 다른 일례로 이른바 '양회'(전국인민대표자대회[전인회]와 전국정치협상대회[정협])의 한 축인 '정협'을 언급했다. 그 정협이란 것은 법률기구도 아니고, 그 어떤 법적 권한이 부여된 것도 아니지만 그 회의에서 논의된 결과는 공산당과 정부에 넘겨져 정책에 반영된다고 했다. 그런데 그 정협에는 공산당 집권 이전부터 대립적으로 활동하던 이른바 '민주당' 세력들이 포함되어 있다고 했다. 헌법상 공산당 독재가 명기돼 있고 다른 정치세력의 집권은 원천 차단돼 있지만, 중국 공산당은 그 정적들을 그런 식으로 '포용'하고 있다고 K는 설명했다.

그는 또 모택동에 대해서도 언급했다. 모가 주도한 이른바 문화대혁명은 중국의 문화를 처참할 정도로 파괴한 중대 과오였다. 지금도 그것을 경험한 세대는 그 트라우마에서 벗어나지 못하고 있다고 했다. 내가 아는 한 중국교수도 그것을 끔찍한 것으로 회고했었다. 그런데도 천안문에는 지금도 그 모주석의 거대 초상화가 떡하니 걸려 있다. "이런 현상 흥미롭지 않나요?" 하고 K는 웃으며 반문했다. 모두가 그 과실을 인정하면서도 그가 이룩한 중국통일과 이른바 인민해방, 그리고 한족 중심 정부수립의 공로를 함께 인정한다는 것이다. 등소평에 의한 이른바 '공7 과3'의 정리 이후 누구도 더 이상 그것을 왈가왈부하지 않는다는 것이다. 그것도 일종의 중국식 포용이라고 그는 설명했다.

이런 이야기가 화제가 된 것은 최근 국내에서 발생한 몇몇 사건 때문이었다. 강원도 춘천의 모 문학공원에 있던 미당 서정주의 시비가 그의 친일 전력을 이유로 철거돼 땅에 파묻힌 일이 있었다는 것이다. 경기도 부천에서도 그럴 예정이라고 했다. 모두가 그건 아니라고 입을 모았다. 물론 온갖 고초를 무릅쓰고 자기를 희생한 독립운동가들의 노력이 너무너무 숭고한 것으로 돋보이기는 하지만 완벽하게 깨끗한 사람이 세상에 어디 있겠느냐고 했다. "죄 없는 자는 돌을 던지라"고 한 예수의 말도 그런 취지가 아니었던가. 더구나 한국문학에 대한 미당의 공이 그 얼마인가. 그런데 우리는 자기와 생각이 다른, 입장이 다른, 아니 진영이 다른 '저쪽'은 절대악으로 치부하고 철저하게 배제한다. 무관용, 무포용. 이건 문제가 아니냐는 것이다. 민감한 사안이지만, 좌파가 집권하면 이승만과 박정희가 매도당하고, 우파가 집권하면 김대중과 노무현이 매도당한다. 왜 우리는 그들의 공을 인정하지 못하는가. 공7 과3, 아니 공2 과8이더라도, 그 공을 보고 인정해주는 것이 그 과를 보고 매도하는 것보다 더 의미 있는 일이 아닌가. 정치가에게 절대선과 절대악이 어디 있겠는가. 물론 그 '과'를 덮어버리자는 건 절대 아니다. 그건 절대 잊지 말고 역사의 교훈으로 삼아야 한다. 그렇다고 그 공에도 눈을 감고, 더욱이 과와 함께 땅에 묻어버리는 건 능사가 아니라는 것이다.

그게 자리에 모인 모두의 공통된 의견이었다.

패거리가 아닌, '저쪽' 진영의 누군가를 살벌하게 매도하며 그 흔적에 붉은 페인트를 칠하고 땅에 묻고 때려 부수고 하는 일부의 행태가 '한국'의 이미지로 바깥에 비치지 않았으면 하고 다들 우려했다. 저 천안문에는 오늘도 거대한 모택동의 초상화가 참극이 있었던 광장을 내려다보고 있다. 일단 평온하다. 모의 표정도 천안문 광장도. 그걸 보면, 그런 게 국가의 품격과도 관련되지 않을까, 그런 생각을 하게 된다. 어쩔 수 없이. 물론 그게 다는 아니겠지만.

유럽

"철학은 프리즘과 같은 역할을 합니다. 아무것도 아닌 듯한 백색광선이 프리즘을 통과하면서 그 속에 숨어 있던 7색 무지개를 드러내 보여주듯이, 철학도 너무나 흔하고 가깝고 당연해서 하찮게 여기던 것의 숨은 가치를 드러내 보여주기 때문입니다…" 베이징의 어느 모임에서 특강을 하면서 그런 말을 했다. 나는 그런 점에서 내가 하고 있는 이 '철학'이라는 학문을 높이 평가한다.

아닌 게 아니라 우리는 보통 가깝고 흔한 것들에 대해 '그런가 보다' 하고 무심코 지나쳐버리는 경향이 있다. 그런 것들이 하나둘이 아니다. 부모가 그렇고 자식이 그렇고 부부가 그렇고 친구도 그렇다. 지수화풍도 그렇고 화조초목도 그렇다. 그런데 그런 것들 중에 정말로 중요한 것들이 많다. 우리의 신체도 그렇고 건강도 그렇고, 좀 전문적으로 말하자면 '존재' 자체도 그렇고 심지어 '무의 존재'도 그렇다. 철학은 그런 것들의 가치를 새삼 인식하게 만들어준다.

특강을 마치고 지하철로 집으로 돌아오다가 문득 맞은편에 앉은 한 젊은 여성의 가방이 눈에 들어왔다. 어디서나 흔히 보이는 '루이뷔똥'이었다. 조금 전의 모임에서 화제가 되기도 했었다. 요즘 중국에서는 20-30대 여성들도 그런 걸 구입하는 데는 주저가 없다고 한 여성 참석자가 알려줬다. 그걸 보고 느닷없이 '유럽'이라는 게 머릿속인지 가슴속인지 그 어디선가 '반짝' 하는 게 느껴졌다. '그렇구나, 유럽은 여기에도 이렇게 스며들어 있구나…' 뭘 그런 당연한 걸 새삼스럽게. 그렇게 생각할 수도 있겠지만, 생각해보면 사실 이게 보통 일이 아니다. 여긴 중국의 심장부 베이징이 아닌가. 중국은 오랜 세월 이른바 동양세계의 중심이 아니었던가. 그 중국이 지금 '한'도 '당'도 '명'도 '청'도 아닌 '중화인민공화국'이 되어 있는데, 그 '인민'과 '공화국'이란 개념이, 또 그것이 표방하는 '공산주의'가 다 저 유럽철학의 개념들이 아니었던가. 이 나라의 국체에 플라톤과 마르크스가 떡하니 버티고 있는 것이다. 루이뷔똥도 그렇게 알게 모르게 공기처럼 물처럼 이곳 동양세계에 스며든 '유럽'의 한 상징인 것이다.

우리는 지금 그 유럽의 존재를 망각하고 있다. 그걸 재인식할 필요가 있다고 나는 느낀다. 무엇보다도 우리는 이른바 '근대화' 과정을 거치면서 전 세계가 '서구화'[유럽화]의 길을 걸어왔음을 상기할 필요가 있다. 근대 이후 저들이 세계사의 흐름을 좌우해온 것이다. 저들의 제국주의-침략주의를 도덕적으로 따지는 건 이제 거의 무의미하다. 모든 게 이미 거스를 수 없는 역사와 현실이 되어 있다. 지금은 미국의 시대라고들 하지만 엄밀히 따지면 미국은 영국의 연장이며 따라서 유럽에 속한다. 러시아도 스스로를 유럽으로 인식하고 있으며 심지어 터키까지도 유럽의 일부임을 표방하고 또 심지어는 아시아에서 일찌감치 선진국에 진입한 일본까지도 한때 '탈아입구'(脫亞入歐: 아시아를 벗어나 유럽에 들어가자)를 기치로 내걸었었다. 그들의 성공은 상당 부분 그 덕분이라고 해도 과언이 아니다. 바로 그 유럽인들이 과학과 기술과 산업을 발전시켜 오늘날의 세계를, 이 시대를 건설한 것이다. 그 배경에 저들의 철학이 있었고 저들의 종교인 기독교가 있었다. 응? 기독교는 유대인의 종교가 아니었나? 물론 그렇다. 하지만 그 기독교가 오늘날의 기독교가 된 것은 사실상 로마의 국교가 된 덕분이었음을 우리는 상기할 필요가 있다. 그 이후 2천 년, 우리는 기독교가 유럽의 종교였음을 인정하지 않으면 안 된다.

저들은 보통 사람들이 아니다. 알면 알수록 속속들이 보통 사람들이 아니다. 한국도 중국도 일본도 철저하게 유럽화되어 있다. 머리끝에서 발끝까지, 그리고 보이지 않는 의식 속까지 다 유럽화되어 있다. 베이징 지하철의 루이뷔통과 '중화인민공화국' 주석의 헤어스타일과 복장과 구두가, 그리고 법과 제도가 그것을 상징적으로 보여준다.

　왜일까? 도대체 저들에게는 '어떤' '무엇'이 있었던 걸까? 우리는 저들의 그 '질'과 '격'과 '급'과 '수준'을, 특히 그 핵심에 있는 '이성'이라는 것을, 면밀히 들여다보지 않으면 안 된다. 전 세계의 유럽화라는 이 거대한 역사적 사건은 그저 무지막지한 무력만으로 이루어진 게 절대 아니다. 무력은 과거 몽골이 더 막강했지만 전 세계가 몽골화되지는 않았다.

　때마침 유럽의 심장부에 있는 프랑스 파리의 노트르담 사원이 화재로 불탔다는 소식이 들려왔다. 전 세계가 안타까워했다. 우리는 유럽을 향한 세계의 그 시선을 바라보는 하나의 '메타시선'을 갖지 않으면 안 된다. "로마는 하루아침에 이루어지지 않았다." 그 로마를 계승한 "유럽도 하루아침에 이루어지지 않았다." 나는 대학 졸업 후 대학원에 진학하면서 하고 싶었던 '중국철학' 대신 '유럽철학'을 전공으로 선택했었다. 나는 그 선택을 후회하지 않는다. 우리나라가 만일 발전을 바란다면 미−러를 포함하는 넓은 의미의 '유럽'을 연구하지 않으면 안 된다. 유럽의 세계 진출에 하나의 답이 있다. 나는 저들을 '질적인 고급'으로 평가한다. 루이뷔통과 샤넬, 에르메스와 구찌뿐만이 아니다. 소크라테스, 칸트, 셰익스피어, 릴케, 고흐, 르누아르, 모차르트, 쇼팽 … 이 이름들을 듣고 누가 그것을 부인하겠는가. 다 유럽이다.

일본

　지인들과 어울려 베이징 시내의 한 '찬팅'(餐厅 : 레스토랑)에 갔는데 창밖을 내다보니 길 건너편 건물에 커다란 일장기가 펄럭이고 있었다. 확인해보니 역시나 일본대사관이었다.

　베이징에 살면서 묘하게도 일본을 자주 느끼게 된다. 눈에 아주 잘 띄지는 않지만 구석구석 스며 있다. 거리엔 토요타를 위시한 일본차들이 독일차 다음으로 많이 눈에 띈다. 내가 동경에 살 때 자주 이용하던 '요시…'라는 덮밥집을 비롯해 동네 여기저기에 일본식당들도 많다. '이토…'라는 백화점도 있다. 일본의 '무지…'라는 의류 브랜드도 들어와 있다. 아니, 기업하는 지인들에게 들어보면 중국 공산품의 주요 부품은 거의 일본제라고도 한다. '메이드인재팬'의 부품이 없으면 '메이드인차이나'의 제품이 아예 생산 불가능이라고도 한다. 시내 한복판에 엄청난 규모로 '중일우호의원'이라는 병원도 운영되고 있다.

그 일본을 대하는 중국의 태도가 우리 한국을 대하는 태도와 묘하게 다르다. 무시, 멸시, 하대는 느껴지지 않는다. 경계는 분명히 있다. 그 한편으로 주목이 있고 평가가 있고 인정이 있고 심지어 존경도 있다. 중국의 주석은 일본을 방문한 자리에서 '대국 대 대국의 관계'를 운운하기도 했다. 한국인으로서는 기분이 묘해질 수밖에 없다. 그런 느낌은 일본 관련 기사의 댓글 같은 데서도 읽을 수 있다. "역사를 잊지 말자"와 함께 "일본은 진정한 선진국"이라는 반응이 가장 두드러진다. 무엇보다 일본은 중국인이 가장 선호하는 해외여행지이기도 하다. 가서 엄청난 돈을 뿌리고 온다. 좋아하는 것이다.

어쩌면 만주사변-중일전쟁을 통해 저들의 막강한 무력을 몸서리치게 체험했기 때문인지도 모른다. 그리고 개혁개방의 과정에서 저들의 경제적-기술적 수준을 확실히 체감했기 때문일지도 모른다. 일본의 경제력은, 지금 비록 규모 때문에 중국에게 밀려났다 해도, 오랫동안 세계 2위였고 지금도 세계 3위를 유지하고 있다. 그 실력을 우습게 보는 것은 세계에서 아마 우리 한국밖에 없을 거라고 많은 사람들이 농담조로 말한다. 그러다가 또 큰코다친다고 많은 사람들이 진지하게 말하기도 한다.

여기서 사귄 지인들 중엔 경제인-기업인이 많아 며칠이

멀다 하고 도쿄, 오사카 등지로 출장을 다녀온다. 그들은 일본을 우습게 보지 않는다. 그 실력을 누구보다 잘 알기 때문이다. 그래서 일본에서 공부한 나에게 이것저것 일본에 대해 많이 물어본다. 나는 역사, 문화, 정신 등등 내가 아는 것들을 있는 그대로 설명해준다. 참고가 되는지 나의 조심스런 말들에 그분들은 귀를 쫑긋 세운다.

미국 보스턴에 있을 때도 그랬다. 가까웠던 총영사님의 요청으로 교민들에게 강연을 한 적이 있었다. 그때도 나는 일본의 빛과 그림자를 있는 그대로 이야기해줬다. 미국이나 유럽의 경우는 일본에 대한 평가가 중국의 그것보다 훨씬 더 높다. 19세기 프랑스의 이른바 자포니슴이 그런 높은 평가를 상징적으로 보여준다. 미국의 도로 위를 달리는 자동차는 50% 이상이 일본차다. 독일차보다 훨씬 더 많다. 사정이 이러니 우리가 독도와 동해를 국제사회에서 인정받기가 그토록 쉽지 않은 것이다.

그 실력의 비결을 나는 몇 가지 두드러진 일본어 단어로 설명한 적이 있었다. '감바루', '이도무', '미토메루', '소다테루', '키와메루', '쯔도우', '마모루' …(분발하다, 도전하다, 인정하다, 키우다, 극하다, 모이다, 지키다 …) 등 몇 십 가지는 된다. 풀어 이야기하자면 책 한 권은 필요할 것이다. 모두 다 정신적 가치들이다. 저들은 역사의 과정에서 그런 정신을 가꾸어왔다. 그런 가치를 위해 무수한 일본인들이 그 인생을 투자한 것이다.

　물론 아무리 맛있는 음식도 상하면 독이 되듯이 저들은 그 변질된 정신으로 상상초월의 악행을 저지르기도 했다. 그 죄과를 지금처럼 반성하지 않고 숨기는 것도 그 독 중의 하나다. 최근의 '한국 때리기'도 그것과 무관하지 않다.

　평가는 결코 우연한 것이 아니다. 그만한 무언가가 반드시 있다. 우리는 그런 부분에 대해 결코 눈을 감아서는 안 된다. 눈을 돌려서도 안 된다. 직시해야 한다. 그리고 이윽고 그것을 넘어서야 한다. '최소한 일본 이상의 수준'을 내가 그토록 강조하고 호소하는 것도 그 때문이다. 그건 얼마든지 가능한 일이다. 삼성과 한류가 그것을 보여줬다. 그런 선례가 있다. 그게 '일본 이상의 수준'이라는 건 일본인들도 인정한다. 내가 보스턴에서 말했던 일본의 빛과 그림자, 훌륭한 일본과 고약한 일본, 그중에서 우리는 '훌륭한 일본'과 연대하지 않으면 안 된다. 그들과 함께 훌륭한 미국, 훌륭한 유럽과 손을 맞잡지 않으면 안 된다. 우리가 중국에게 제대로 대접받는 길은 오직 그것밖에 없다. 정신을 바짝 차리지 않으면 안 된다. 세상은 그렇게 만만하지 않다. 일본은 우리가 선진국으로 가기 위해 반드시 건너야 할 강이다.

미국

베이징에 와서 지내다 보니 처음엔 잘 몰랐는데 좀 익숙해지면서 몇 가지 불편이 느껴졌다. 그중 하나, 당연한 듯 사용하던 구글, 지메일, 유튜브, 페이스북 등 인터넷 관련 서비스들이 차단되어 이용이 안 되는 것이다. 사용하던 건 아니지만 주변에서 온통 화제인 넷플릭스도 접속해보려니 역시 안 되었다. 뭐든지 못하게 하면 더 하고 싶어지는 게 사람의 심리다. 유학생들에게 물어보니 다들 VPN이라는 앱을 써서 우회접속을 한다는 것이다. 예전에 만주 여행을 할 때 가이드가 중국의 1자녀 산아제한 정책을 설명하며 "정부에 정책이라는 게 있으면 인민에게는 대책이라는 게 있다"며 사실상 다자녀를 갖는 비결을 재미있게 설명해주던 게 생각났다. 나도 그렇게 우회해서 접속을 시도해봤다. 번역기를 비롯해 다시 만난 화면들이 반가웠다.

그런데 생각해보니 이게 다 '미국'의 것이었다. 미국이 얼마나 우리에게 가까이 있는지를 다시 한 번 실감한 계기가 되었다. 미국의 위상과 실력은 새삼 말할 필요도 없다. 세상 누구나가 다 인정한다. 소련이 해체된 후, 압도적인 G1인 것이다. 중국이라고 예외가 아니다. 이들도 그건 인정한다. 사사건건 대립적이면서도 묘하게 미국에 대한 선망은 도처에서 느껴진다. 길거리를 다니는 남녀노소의 패션을 봐도 모자엔 NY나 LA의 글자가 버젓이 있고, 나이키, 플레이보이가 예사로 있고, 좀 예전 거지만 드라마에도 우리나라처럼 걸핏하면 미국으로 가는 게 무슨 해결책인 양 등장한다. 듣자 하니 이곳 거부나 간부들의 자녀는 상당수가 미국에 유학을 하며, 그 부모들은 자녀들에게 가능하면 현지에 눌러앉을 것을 권한다고 한다. 중국인의 미국 원정출산도 한때 논란이 되었었다. 그 반대의 중국 선망은 별로 들어본 적이 없다. 최근에 접한 한 기사에서는 중국 백만장자 중 해외로 이주한 사람이 1만 5천 명으로 세계 1위라고 했다.

인종차별, 총기난사 등등 숱한 문제들이 있음에도 불구하고 변함없는 미국의 이 인기비결은 무엇일까. 아마 각자 나름의 '미국론'들이 한도 끝도 없이 나오겠지만 나는 개인적으로 저들의 '휴머니즘'을 그 핵심의 하나로 생각한다. '인간'의 가치에 대한 기본적인 존중이다. 그것은 저들의 기원이기도 한 '청교도' 정신과도 연결돼 있다. 거기에 그 인간의 '능력'과 '성취'에 대한 인정도 보태져 있고, 그리고 '합리'와

'정의'에 대한 지향도 보태져 있다. 알게 모르게 사회의 근간에서, 혹은 공기 속에서, 그게 살아 작용을 하고 있는 것이다. 그래서 이른바 '아메리칸 드림'이 가능한 것이다. (그 꿈은 이른바 '중국몽'과는 근본적으로 성격이 다른 것이다. "나에겐 꿈이 하나 있다"고 한 마틴 루터 킹 목사의 꿈, 그런 휴머니즘적인 꿈이다.) 나는 비록 짧은 1년간이지만 보스턴에 거주하면서 여러 가지 형태로 그걸 실감했었다. 특히 예전의 인기 드라마였던 〈초원의 작은 집〉과 〈월튼네 가족〉은 지금도 전문채널에서 인기리에 방영되는데, 그런 이야기에서 그 살아 있는 정신을 읽을 수도 있다.

한마디로 '사람'이 다르고 '정신'이 다른 것이다. 그런 다름이 격차를 만든다고 나는 믿는 편이다. 그런 '정신', '의식', '생각'은 한 사회의 분위기 속에서 알게 모르게 '만들어진다.' 특히 가정에서, 학교에서, 사회에서. 모두 다 핵심적인 교육의 채널들이다. 그게 '사회적 공기'를 형성해서 인간의 정신에게 호흡되는 것이다. 그 공기의 색깔에 따라 인간의 정신은 물이 든다. 빨갛게 혹은 파랗게.

미국인들에게는 어쨌거나 아직도 '건전한 가치'라는 것이 사회 곳곳에서, 사람들 사이에서 살아 움직인다. 논리(합리)적인 가치, 윤리적인 가치, 미학적인 가치들이. 그런 게 종합적으로 작용해 '수준'과 '질'과 '격'과 '급'을, 즉 '고급'을 이루어낸다. 애플도 구글도 페북도 유튜브도 넷플릭스도 다 그런 결과물들인 것이다. 디즈니도 아마존도 또 우리가 아는 이것도 저것도 다 그런 결과물들인 것이다. 최고는, 제일은, G1은 결코 어쩌다가 얻을 수 있는 그런 것이 절대 아니다. 일부 미국을 적대시하는 사람들이 있다면 나는 그 점을 진솔하게 들여다보라고 권하고 싶다. 우리가 지금 여기에 이르기까지, 그런 '미국적인 가치'가 얼마나 큰 도움이 되었는지, 우리는 진지하게 돌아보고 인정하지 않으면 안 된다. 인정과 참고는 결코 부끄러운 일이 아니다.

단, 미국의 모두가, 그리고 항상, 그런 가치에 따라 움직인다고 생각한다면 그건 큰 착각이다. 미국도 또한 철저하게 이익을 기준으로 삼는다는 점에서는 예외가 아니다. 절대적 선인 그런 국가는 지상 어디에도 없다.

조선

　평일 오후 시간, 베이징 시내의 공원 탐방은 어느새 나의 생활 패턴이 되어버렸다. 오전의 집필작업으로 쌓인 정신적–육체적 피로를 풀기에 산책만큼 좋은 운동이 없고 산책하기에는 공원만큼 좋은 곳이 없다.

　이름난 공원들을 거의 다 섭렵하고 몇 개 남지 않은 넓은 초록지대를 지도에서 찾아보니 '르탄꽁웬'(日坛 공원)이 있었다. 그곳을 찾아가다가 뜻밖에 커다란 인공기를 목격했다. 혹시나 했는데 역시나, 북한대사관이었다. 뉴스 화면으로 익히 봐오던 곳이지만 바로 코앞에서 직접 보니 기분이 묘했다. 수년 전 학교 업무로 연변에 갔다가 그곳 관계자의 안내로 백두산에 올랐을 때도 이른바 '조중국경'을 먼발치서 본 적이 있고, 단둥에 갔을 때도 배를 타고 '조중우의교' 밑을 지나 신의주 연안까지 다가가 저쪽 편의 사람들을 본 적이 있지만, 지척에서 만져볼 수도 있는 그 건물을 보니 뭔가 또 다른 느낌이었다.

중국에서 특히 실감하는 것이지만 그곳은 '북한'도 아니고 '북조선'도 아니고 그냥 '조선'이었다. 우리가 1910년에 소멸되어 역사 속으로 들어갔다고 생각하는 그 국호가 여기 버젓이 살아 있는 것이다. 중국인의 눈으로 보면 서해가 아닌 황해 건너 저쪽에 남조선과 북한이 아닌 한국과 조선이 있는 것이다. 그게 너무나도 당연한 실제의 현실임을 다시 한 번 확인한 셈이다.

우리는 이 조선을 잊어서는 안 된다. 누가 뭐래도 그곳은 '우리'의 반쪽이기 때문이다. 한국과 조선이 언제까지나 이렇게 둘이어서는 안 되기 때문이다. 어쩌다 이렇게 둘이 되었는지 그게 누구의 잘못인지 지금 그런 걸 따져봐야 아무 소용없다. 그건 이미 누구나 다 안다. 중요한 건 현재고 그리고 미래다. 현재의 우리 세대는 처음부터 그렇게 살아왔으니 또 그렇다 치더라도 미래의 후손들을 생각하면 이런 분단이 이대로 좋을 턱이 없다. 요즘 일부 신세대는 이대로가 좋다는 생각도 적지 않은 모양이지만, 그리고 주변국들도 대체로 현상유지를 바라는 눈치이지만, 천부당만부당, 그건 후손들에게 죄를 짓는 일이다. 우리는 후손들에게 통일된 하나의 조국을 넘겨주지 않으면 안 된다. 그건 분단시대를 아프게 살아온 우리 세대의 신성한 의무다.

베이징에서 가까이 지내는 경제인들과의 한 모임에서 이

게 화제가 되었다. 경제 전문가인 그분들의 진단은 한결같았다. 요약하면 그건 "분단상태로 인한 경제적 손해가 이만저만이 아니다"와 "통일 후의 코리아는 막강한 실력과 위상을 갖는 강국이 될 것이다"라는 두 마디로 집약된다. (그때는 중국도 일본도 지금처럼 우리를 가볍게 대하지는 못하리라는 것도.)

그런데 이것도 사실은 누구나가 다 알고 있다. "그럼 어떻게?" 결국 그게 문제다. 통일부를 비롯한 전문가 집단이 아마 밤낮없이 그걸 고민하고 있을 것이다. 전쟁은 누가 뭐래도 답이 아니다. 그 끔찍하고 바보 같은 남북전쟁을 두 번 치를 수는 절대로 없다. 가장 좋기로는 남북의 정상들이 어느 날 느닷없이 일을 저질러버리는 것이다. 합의된 통일을. 체제며, 법률이며, 통화며, 통행이며 … 엄청난 문제들이 있을 것이다. 그건 지지고 볶고 하더라도 '내부문제'로 하나씩 차근차근 정리하며 풀어가면 된다. 아마 생각보다 오래 걸리지는 않을 것이다. 우린 한다면 하는 저력 있는 민족이니까. 남도 그리고 북도. 통일비용 운운도 기우에 불과하다고 나는 본다. 철도연결, 자원활용, 투자유치, 군비절감 등, 통일 후의 경제적 시너지를 생각하면 그 원금은 단기간에 회수되고도 남는다.

그런 황당한 당위론으로 뭐가 되는데? 하고 대다수가 회의적일 것이다. 그래도 해야 한다. 왜? 준비가 필요하니까.

통일은 '도둑처럼' 올 수도 있는 거니까. 그 대비로서 필요한 것 중의 최우선순위가 '하나의 우리'라는 인식이다. 남도 북도 서로를 '적'으로 생각해서는 통일은 요원하다. 그러면 지금처럼 언제까지나 주변국들에게 이리저리 이용당하고 무시당하고 엄청난 군사비를 낭비해야 하고, 이른바 '코리아 디스카운트'도 감수해야 한다. 남에게는 북쪽의 엄청난 자원이, 북에게는 남쪽의 엄청난 기술이 다 무용지물인 것이다. 이게 하나가 되면, 그러면 우리는 아마 G5도 가능할 것이다. 경제를 아는 베이징의 지인들은 그게 결코 황당한 이야기가 아니라고 입을 모은다.

'하나의 우리', '우리는 하나'라는 의식은 우리의 핏속에 흐르고 있다. 베이징에 오래 산 한 지인에게 지나온 이야기를 들었다. 1990년대 초 여기서 처음 알게 된 북한 유학생들(대부분 고급간부 자녀들)이 조금 가까워지자 "남조선 동무, 이밥에 고깃국 있으니까 먹으러 오시라우." 하며 초대를 하더라는 것이다. 물정 모르는 말이었지만 그 말에선 동족의 따스한 정이 느껴지더라고 그분은 말했다. 그후 중국보다 더 잘사는 남조선의 실상을 알게 된 후로는 더 이상 그런 말은 하지 않게 되었는데, 한편으로 저들이 이른바 고난의 행군으로 수많은 아사자가 발생할 때는 거꾸로 그분이 저 북한 친구들에게 밥도 사주고 경제적인 도움도 주었다고 했다. 이른바 탈북민 아이들이 배고파 도움을 청했을 때는 얇은 유학생의 호주머니를 털어 그 아이들에게 된장찌개를 배불리 먹여 주었다고도 했다.

그렇게 '조선'과 '한국'은 둘이 아니다. '하나의 우리'인 것이다. 중국과 일본이 북한을 업신여기면 화가 난다. 올림픽 등 국제경기에서 북한이 일본이나 중국을 이기면 기분이 좋아진다. 반대의 경우는 거의 없다. 하여 우리 대부분의 국민들은 남과 북의 실력자들에게 기대한다. 이제 정말 진지하게 통일의 길로 나아가기를. 정권보다 하나된 조국을 먼저 생각하기를. 정권의 명령으로 남과 북의 형제들이 예전처럼 서로에게 총구를 겨누는 일이 다시 없기를. 서로에게 밥을 먹이려는 저 따뜻한 동포의 정에 눈감지 말기를.

정치적으로나 경제적으로나 기타 모든 실력으로나 최소한 우리를 욕보인 저 일본만큼은 넘어서는 그런 조국을 건설해야 하지 않겠는가. 미국과 유럽에게도 그리고 중국과 일본에게도 존경받는 그런 품격 있는 고급국가를 건설해야 하지 않겠는가. 실력자들이 결심만 한다면 그건 아마 당장 내일이라도 가능한 일일 것이다.

진정한 품격

    어느 개인이나 어느 국가나 완벽하게 좋기만 하고 완벽하게 나쁘기만 한 경우는 없다. 그건 언제나 내 논의의 대전제였다. '절대적'과 '상대적', 이 대비에서 진실은 대개의 경우 후자의 손을 들어준다. 상대적으로 좋은 사람, 상대적으로 좋은 나라가 되었으면 좋겠다고 나는 생각한다.

    뉴스에서 메르켈 독일 총리의 모습을 보았다. 나는 그녀의 팬이다. 종합적인 판단이지만 그녀의 생각과 행동이 대체로 '반듯하고 품위 있다'고 느끼기 때문이다. 언젠가 신문에서, 퇴근하며 슈퍼에서 장을 보는 그녀의 사진을 본 적이 있는데, 유럽의 핵심인 독일 총리라는 위상을 생각할 때, 좀 감동적이었다. 같은 그곳에서 같은 그 자리에 있었던 저 아돌프 히틀러와는 너무나 달랐다. 그러면서 저 빌리 브란트도 함께 떠올랐다. 지금은 폴란드에 편입된 나치 지배 당시의 아우슈비츠 수용소를 찾아 위령비 앞에서 무릎을 꿇은 모습이다.

그건 더 감동적이었다. '무릎을 꿇다'라는 저 부정적 동사가 이토록이나 긍정적인 모습을 가질 수도 있다는 것을 그는 온몸으로 보여줬다. 나는 그런 두 총리의 모습이 독일이라는 나라의 품격을 보여준다고 판단한다. 그 어느 독일인이 그런 모습을 부끄럽다, '쪽팔린다'고 여기겠는가. 아무도 우러러보지 않는 권위로 우쭐대는 것이 아니라, 명백한 과오에 대해 눈을 돌려버리는 것이 아니라, 진솔한 삶의 모습을 드러내 보여주는 것, 과오를 명쾌하게 인정하고 반성하는 것, 바로 그런 것이야말로 진정한 품격인 것이다.

독일의 그런 모습은 곧잘 일본과 대비된다. 일본은 과거 아시아 지역에서 히틀러의 독일 못지않은 악행을 저질렀다. 그러나 일본은 그 악독한 과거를 덮기에 급급하다. 인정하고 사죄하지 않는다. 그 범죄적 사실을 제대로 가르치지도 않는다. 여러 차례 '미안하다'는 말을 입에 올리긴 했으나 그 진심은 전혀 전해지지 않았다. 어느 일본 총리도 서울 서대문형무소나 아우내장터나 중국 남경에서 무릎을 꿇은 일이 없다. 그러면서 심지어 언제까지 사과를 요구할 거냐, 지겹다며 한국에 대해 화를 낸다. 그러면서 지금 한일관계가 악화일로를 치닫고 있다. 그러면서 북한에 대해서는 새로 시작하고 싶다며 추파를 던진다. 남북의 분단상태를 이용해보자는 심산일 거다. 저 독일과는 너무나 대조되는 모습들이다.

세상은 변하고 역사는 흐른다. 독일과 일본이 저지른 저

참혹한 전쟁이 그들의 패배로 끝난 지도 벌써 70수년이 지났다. 독일과 일본은 어느새 다시 주도적 국가의 위치를 회복했다. 피해국이었던 프랑스 등 유럽국가들은 말할 것도 없고 한국과 중국도 주도적 국가의 반열에 올라 있다. 중국은 여러 면에서 일본을 추월해 이른바 G2가 되어 있다.

중국에 와서 지내다 보니 일본을 바라보는 중국의 시선이 많이 달라져 있음을 느끼곤 한다. 이들은 일본에 대해 더 이상 반성과 사과를 기대하지 않는 분위기다. "역사를 잊지 말자"는 말은 도처에서 들린다. 이런 의연함은 아마도 G2가 되었다는 자신감에 의해 뒷받침되고 있을 것이다. 일본은 원래 강자에 대해서는 알아서 고개를 숙인다. 승전국인 미국에게 하는 태도를 봐도 그건 금방 드러난다. 그들의 저 역사가 그러했다. 전국시대 이래 강과 승은 잘남 즉 선이요 약과 패는 못남 즉 악이었다. 그런 사회적─역사적 경험에 의한 '사회적 무의식'이 저들에게는 의식의 저 밑바닥에서 작용하고 있는 것이다. 중국의 이런 의연함은 적어도 나에게는 좋은 것으로 비친다. 언제까지나 상대를 탓하기보다 나 자신의 실력을 키워 상대의 죄과를 스스로 무색하게 만드는 것이다. 그렇게 극복하는 것이다. 이들이 의식했건 의식하지 않았건 결과는 지금 그런 모습을 하고 있다.

우리가 참고해야 할 부분이 아닐 수 없다. "용서는 하되 잊지는 말자."(Forgive without forgetting) 유대인들과 남아

공 만델라 대통령을 통해 세계적으로 유명해진 말이다. 나는 만델라의 팬이기도 하다. 그의 이런 말과 삶에서도 '품격'이 느껴졌다. 중국생활이 길어질수록 한국을 더더욱 많이 생각하게 된다. 우리에게는 항상 선택이 요구된다. 이것이냐 저것이냐, 이쪽이냐 저쪽이냐, 위냐 아래냐, 고급이냐 저급이냐.

우리의 선택은 위여야만 한다. 고급이어야만 한다. 진정한 선진국이 되기 위해 우리에게는 다른 선택지가 없다. '질적인 고급국가.' 오직 그것만이 답이다. 그것을 위한 품격을 우리는 착실히 갖춰나가지 않으면 안 된다. 그리고 그것은 오직 '실력' 위에서만 가능하다는 것을 되새기고 또 되새기지 않으면 안 된다. 주먹을 쥐고 소리를 지르는 것은 아무런 도움이 되지 않는다. 품격 있는 국가를 기대하고 또 기대한다. 몸은 지금 중국 땅 베이징에 앉아 있지만 마음은 항상 바다 건너 저기 서울에 있다. 사랑한다, 나의 조국.

이수정

일본 도쿄대 대학원 인문과학연구과 철학전문과정 수사 및 박사과정을 수료하고, 하이데거 연구로 문학박사 학위를 취득했다.

한국하이데거학회 회장, 일본 도쿄대 연구원, 규슈대 강사, 독일 하이델베르크대·프라이부르크대 객원교수, 미국 하버드대 방문학자 및 한인연구자협회 회장, 중국 베이징대·베이징사범대 외적교사 등을 역임했다.

월간《순수문학》을 통해 시인으로 등단했고, 현재 창원대 철학과 교수로 재직 중이다.

저서로는 *Vom Rätzel des Begriffs*(공저),《하이데거—그의 생애와 사상》(공저),《하이데거 — 그의 물음들을 묻는다》,《본연의 현상학》,《인생론 카페》,《진리 갤러리》,《인생의 구조》,《사물 속에서 철학 찾기》,《공자의 가치들》,《생각의 산책》,《편지로 쓴 철학사 Ⅰ·Ⅱ》,《시로 쓴 철학사》,《알고 보니, 문학도 철학이었다》등이 있고, 시집으로는《향기의 인연》,《푸른 시간들》이 있으며, 번역서로는《현상학의 흐름》,《해석학의 흐름》,《근대성의 구조》,《일본근대철학사》,《레비나스와 사랑의 현상학》,《사랑과 거짓말》,《헤세 그림시집》,《릴케 그림시집》,《하이네 그림시집》,《중국한시 그림시집 Ⅰ·Ⅱ》,《와카·하이쿠·센류 그림시집》등이 있다.

국가의 품격

1판 1쇄 인쇄	2019년 9월 20일
1판 1쇄 발행	2019년 9월 25일

지은이	이 수 정
발행인	전 춘 호
발행처	철학과현실사

출판등록 1987년 12월 15일 제300-1987-36호
서울특별시 종로구 동숭동 1-45
전화번호 579-5908
팩시밀리 572-2830

ISBN 978-89-7775-828-5 03800
값 12,000원